I0602958

LA LEYENDA DEL RECORDATORIO DE LOS DIOSES

GAIA 0

LOGAN M. WOLF

Logan M. Wolf
La Leyenda del Recordatorio de los Dioses

La Pereza Ediciones

La Leyenda del Recordatorio de los Dioses
© *Logan M. Wolf*

© De esta primera edición 2024,
La Pereza Ediciones, USA
www.lapereza.net

Directores de la colección:
Greity González Rivera
Dago Sásiga

Todos los derechos reservados.
Se prohíbe la reproducción parcial o total
por cualquier modo, sea mecánico, fotocopiado o
electrónico, sin la respectiva autorización
de la editorial.

ISBN: 978-1-6237523-7-8

Diseño de los forros de la colección:

Estudio Sagahón / Leonel Sagahón

www.sagahon.com

Portada y Maquetación Julián Herrera

LA LEYENDA DEL RECORDATORIO DE LOS DIOSES

GAIA 0

LOGAN M. WOLF

LA
PE
RE
ZA
EDICIONES

A principios del siglo 17, los 7 dioses vinieron a la tierra a enmendar los daños causados por los seres humanos, rediseñando el planeta. Los humanos fueron castigados, perdiendo la supremacía que suponían tener, y se les dio una segunda oportunidad para coexistir con los elementos.

Quinientos años después, los elementos se ven nuevamente acosados, y el momento ha llegado para reunir sus Custodios; cuarenta y ocho guerreros de poder inigualable.

Esta es la historia de esos guerreros...

GAIA 0

PASAJE

E l horizonte se oscurecía. Ese día inició con una fuerte y húmeda brisa, que soplaba el aroma de las montañas por el camino que pasaba frente a su pequeño puesto de comida. Su vecino más cercano era un ermitaño que vivía en lo alto de la colina, poco más de medio día de viaje. Este camino era un viejo y olvidado pasaje de montaña. Se encontraba en la prefectura Omi del antiguo Japón, y sólo era frecuentado por aquellos que preferían viajar por la zona sin ser vistos.

Se levantó con energía, un hábito arraigado, y luego de abrir las puertas, limpiar las mesas y butacas, despolvar los cojines y encender la hoguera, estaba casi listo para recibir a los pasantes. Preparó un té y entonces se sentó afuera de su negocio a ver el día pasar con su infusión caliente. Luego de unas horas, vio un palanquín acercarse. Por la estructura de la litera en la que viajaba, debía ser algún mercante de importancia y, como llegaron a la hora de la culebra, debieron salir sumamente temprano.

Confiado de que se detendrían, el anciano se puso de pie para recibir a sus visitantes. Al llegar el palanquín, este fue colocado en el piso y de sus cortinas se asomó un hombre de unos cuarenta y pocos. Su rostro rudo y cicatrizado cantaba su historia en el campo de batalla, y su mirada reflejaba su espíritu guerrero. Se trataba de un mercader oficial del clan Mitsunari, juzgando por las insignias en sus ropas. Salió y con cierta calma se acercó al anciano, le miró y le pidió sake[1] caliente. El anciano bajó la cabeza y asintió con una sonrisa, invitándolo a sentarse.

Luego de un rato, el oscuro horizonte alcanzó esas montañas y amenazaba con tormenta. Uno de los hombres del caballero se acercó para informarle del avenir, y su superior se mostró preocupado. Le preguntó entonces al anciano si tenía acomodaciones disponibles para él y su séquito. El longevo miró a su

---

[1] Sake: Vino de arroz.

alrededor en el espacio vacío y le respondió que sí. Entonces hicieron los arreglos de lugar para pasar la tormenta allí, y, de ser necesario, la noche.

No tardó en largarse a llover como si fuese un diluvio. Resguardados dentro del local y aprovechando el calor de la hoguera, estaban el oficial y sus hombres. El anciano preparaba bocadillos para los invitados mientras se cocinaba el almuerzo. Cuando regresó con los aperitivos, el oficial le preguntó si no tenía nada para entretenerlo. Hablaba de su aburrimiento como una bestia que venía a matarlo cuando menos lo esperaba.

El anciano, conmovido con la analogía, se lamentó de no tener nada más que sus historias y cuentos como fuente de entretenimiento disponible. Pero el oficial se sometió a la aventura y, usando el nombre y las proezas del unificador, Toyotomi Hideyoshi, como si invocase un poder mayor, le exigió que le contase una historia. El anciano accedió, asegurando momentos de pausa para ver el estado de la comida.

Inició con un tono sombrío y ciertamente críptico, pero pronto entró en territorio conocido, o así creyeron los presentes. Todos inmersos en este extraño mundo en el que este anciano había logrado sumergirlos, escuchaban en silencio. Interrumpidos de tanto en tanto, su frustración colectiva crecía, hasta que por fin estaba listo el almuerzo. Juntos, alrededor del anciano, se sentaron todos, con la comida frente a sí, esperando escuchar el resto de la historia. Pero el anciano se mostraba rígido, impidiendo ser interrumpido en medio de su almuerzo.

Habiéndoles dejado en una encrucijada, todos estaban ansiosos por que continuase, pero no fue hasta después del té, luego de comer, que decidió, pipa en mano, continuar su historia. Así los mantuvo por horas, escuchando y preguntando, pero el anciano se mantenía muchos detalles para sí mismo, e incluso cambiaba otros a discreción. No tenía ganas de entrar tan profundo en la historia y evitaba abundar con otros temas por razones personales.

La noche les alcanzó y gran parte de los oyentes habían sucumbido al cansancio. El oficial y el anciano seguían despiertos, sentados a un costado del local, escuchando la lluvia caer bajo el manto oscuro de la noche. El oficial hacía preguntas sobre la historia, sobre su veracidad, pero el anciano sólo reía y respondía que eran únicamente historias. Sin embargo, él no lo veía así y empezaba a notar que el anciano omitía ciertos elementos.

El oficial se vio reflejado en el anciano. Vio en su silencio su propia lucha y su propio camino tumultuoso. Pensó en lo que debía hacer y lo que eso implicaba para su clan. Sin mucho rodeo, insistió en que continuara la historia, pero no hizo más preguntas. Escuchó con atención lo que decía el anciano, y mientras trataba de grabar sus palabras, el sake se interponía con sus pensamientos. Pronto vieron los cielos calmar su llanto, seguido por el primer rayo de luz del nuevo día.

El oficial y sus hombres se prepararon para partir, muy agradecidos con la hospitalidad del anciano. Una bolsa llena de monedas de oro le fue otorgada por sus servicios, pero el mejor regalo con el que partían era la increíble historia. Mientras se alejaban, el anciano abrió puertas, secó mesas, limpió banquetas, sacudió cojines y encendió la hoguera. Finalmente buscó un poco de té y se sentó al frente del local a ver el día pasar.

En el camino, el oficial se dejó abrazar por el cansancio y se echó a dormir el resto del viaje. Llegado a su destino, ya en medio de sus labores, le comentó a un colega sobre el encuentro con el anciano. Pronto se percató de que empezaba a olvidar la historia, así que se propuso tomar asiento y escribir, a duras penas, lo que pudo recordar...

EL PRIMER ALIENTO

S ilencio...

En su inicio sólo hubo silencio...

Esa noche, él estaba sentado en la grama, inmerso en la tranquilidad del bambú, lejos del caos diario, sumido en sus pensamientos y recuerdos... Pero un llanto repentino irrumpió su paz... Era el sonido de un bebé, llorando en la distancia. Una vez que reconoció el sonido, Suyukai se hizo uno con el viento. Cuanto más se acercaba, más cálida era la energía que sentía. Las verdes aguas del Shinseikawa[1] ya le habían dado una revelación días antes, y de alguna manera sabía que esto era parte de ella.

Al llegar allí donde sentía que provenía esta energía, vio un paquete enorme de hojas

1 **Shinseikawa**: Río Sagrado.

secas en el suelo, de algún modo moviéndose...
Allí se encontró con una cuna de bambú, y
dentro de ella un niño, llorando desesperada-
mente, con frío y hambre. Como por instinto,
tomó al niño y lo sostuvo en sus brazos, como
si fuera suyo, y éste de repente dejó de llorar,
sucumbiendo ante el sueño.

Suyukai era un joven Gakushu[1], del Monasterio de Cowra[2], un monasterio Shugendo[3],
practicantes de las artes Shinobi[4], escondido
dentro del Bosque Shinden[5], en un lugar conocido como los Jardines de Cowra. Allí creció,
lejos de la contaminación del mundo, en un
lecho de libros tan antiguos como el tiempo,
estudiando y disfrutando de todo lo que podían
ofrecerle los jardines. Se decía que Los Jardines
de Cowra eran un lugar donde el tiempo se
detenía, sin embargo, el anochecer y amanecer
aún existían. Un lugar donde cada noche era
de luna llena, tan cerca que se podría sentir
su calidez, tanto que uno sólo podría sentirse
seguro.

---

1 **Gakushu:** Monje erudito.

2 **Cowra:** Águila en las rocas.

3 **Shugendo:** "El camino del entrenamiento y la experimentación". Religión Shinobi.

4 **Shinobi:** "Experto en el arte del sigilo".

5 **Bosque Shinden:** Bosque sacro.

Era esa la sensación de seguridad, transmitida por Suyukai al niño, manteniéndolo en calma mientras el monje regresaba al monasterio. Esperando por él, en el Santuario Sagrado, estaba su maestro, el Shisai[1] Seku. Suyukai le mostró su descubrimiento, pidiéndole orientación. Seku-sama sabiamente respondió a su plegaria con estas palabras:

"Has encontrado la clave de tu camino. Ahora, como el ave fluye hacia el sur en invierno, tu invierno ha llegado y es hora de aceptar tu destino.

En las orillas del Shinseikawa yace una roca con forma de estrella que fue enviada por los dioses para ti. Esta es la segunda pieza de tu rompecabezas.

Que nuestro Señor Seika-Seijin[2] te ilumine."

Y con una sonrisa en su rostro, el Shisai Seku se dirigió al Salón de los Ancianos a estudiar.

*   *   *

Suyukai había sido alumno del Shisai Seku desde niño. Gracias a Seku-sama, Suyukai fue capaz de crecer maduro y sabio dentro de los

---

1 1 **Shisai:** Sacerdote.

2 **Seika-Seijin:** Santo del Fuego Sagrado.

Versos Shinsei-Seishin[1], escritos Tanka[2] donde el destino del ser podía ser encontrado. Él ya estaba en sus entrenamientos para convertirse en Shisai y en el futuro sustituir a su maestro.

Una vez fuera del Santuario Sagrado, con el bebé en brazos, Suyukai dirigió sus pasos hacia el Shinseikawa. Este río guardaba una leyenda sobre un gran poder. En el caudal del río yace una roca muy grande y pesada de donde nacía la corriente de agua.

La leyenda contaba que antes de que hubiera algo en este mundo, uno de los siete dioses, el Grandioso Seika-Seijin, deidad de Cowra, bajó a la tierra, encontrando un lugar devastado e inhabitable. Se decía que mientras caminaba por este lugar inerte, se encontró con una rosa blanca, una rosa donde nada más vivía, así que decidió honrar el lugar colocando una piedra hueca por encima de la rosa, cuando de repente el agua comenzó a fluir de ella, dando vida a todo lo que tocaba a su paso, creando así la Piedra de la Vida. El Grandioso Seika-Seijin talló entonces en esta piedra un símbolo que más tarde sería el kamón[3] del monasterio,

1 **Versos Shinsei-Seishin**: Versos del Sagrado Espíritu

2 **Tanka**: Estilo de poesía japonesa que consiste de 31 sílabas en cinco líneas, 5-7-5-7-7.

3 **Kamón**: Escudo o emblema de familia.

el escudo de Cowra. Ese símbolo que representaba el balance, fue también la puerta que abrió el camino a la vida en este mundo. Esa agua que fluía se convirtió en el Shinseikawa, el río de las aguas verdes, el Río Sagrado.

Mientras se acercaba al río, el niño despertó y sostuvo el cabello largo y negro de Suyukai, quien percibió ese toque como tierno, humilde y sublime. Entonces una luz brillante que provenía de la orilla le llamó la atención. Se acercó y vio una roca, la piedra que el Shisai Seku le dijo que buscara. Era una roca de tres puntas en forma de estrella, tal y como le fue indicado, y mientras la sostenía en la mano sintió un fuego ardiente, tanto en la palma como en el alma. Pero esta sensación de ardor no le causaba daño alguno, sino más bien se sentía como el destino.

Decidió cruzar el puente de piedra y sentarse entre los robles y pinos para examinar la piedra. Colocó al niño en la grama húmeda para que anduviera libremente y entonces la duda le golpeó: "¿Cómo se llamaba el crío?"

Así que lo miró por un tiempo, fijándose que no tenía kamón y buscó en los harapos que lo cubrían, tal vez por algo que le diera una pista de su nombre... pero lo único que encontró fue un broche con forma de lobo que sostenía el taparrabos del bebé. Entonces se acordó de uno de los versos Shinsei-Seishin que hablaba del hijo de los lobos, también conocido como Ookami Ou, quien poseía el secreto del balance. Así que decidió nombrarlo por esa pieza y le llamó Ookami Iosuke. El vínculo entre el pequeño y la roca era obvio, pero esta realidad no era más que el principio...

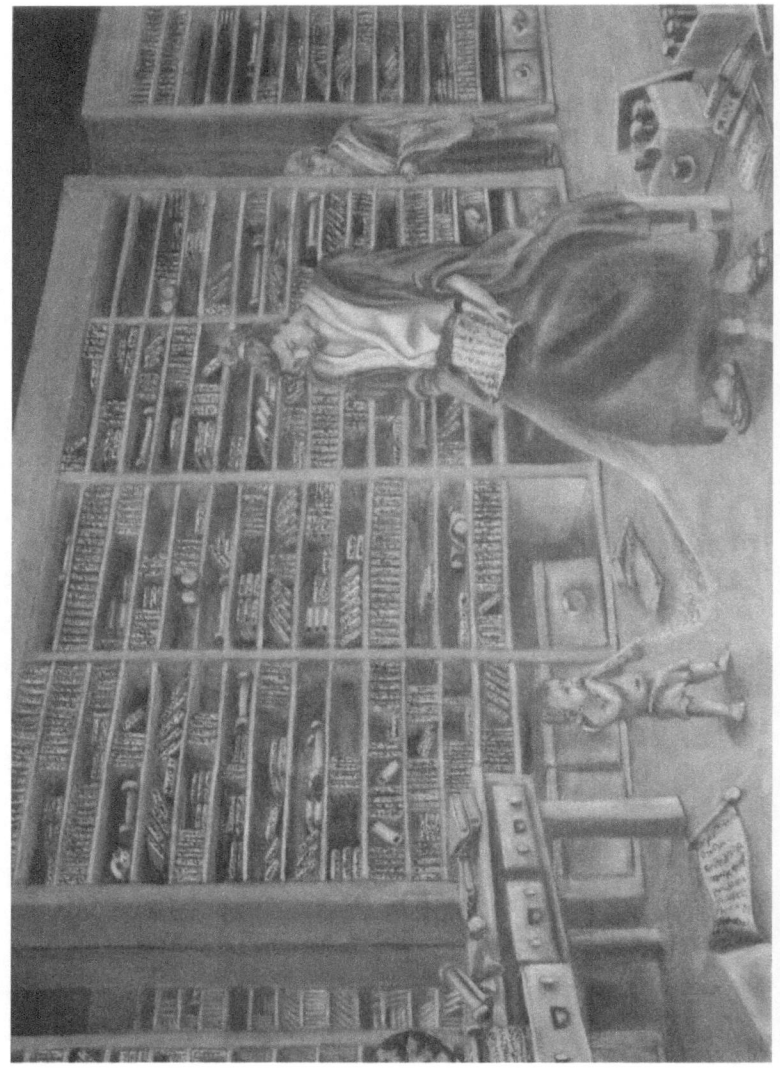

EL AKEMI

Después de unos meses cuidando el pequeño Iosuke, Suyukai estaba bastante desesperado, ya que no era tarea fácil cuidar de un recién nacido en un monasterio. Aún así, día tras día encontró tiempo para estudiar en las bibliotecas el significado de la piedra en forma de estrella, mientras que poco a poco Iosuke se iba integrando y familiarizando con la cotidianidad del monasterio; las tempranas mañanas, los largos silencios, los rituales meditativos y demás actividades de los monjes. Estos se encariñaron con la pequeña criatura y él estaba empezando a ser querido por la mayoría de los cenobitas, y en poco tiempo se había convertido en parte de la familia.

Todos los días mientras bañaba al pequeño, Suyukai no podía evitar la curiosidad que le causaba una marca de nacimiento en el cuello del niño. Tres puntos que formaban un triángulo bajo la línea del cabello en la parte posterior de la cabeza. Lo vio como algo extraño, ya que parecía un kamón indefinido, su mente cada vez más envuelta en curiosidad, mirando a los tres puntos... Era como si se oscurecieran con el tiempo. La primera vez que se dio cuenta de la marca, parecía una simple mancha de lodo, así que trató de lavarla, pero sólo se oscureció e intensificó, o por lo menos eso creía él.

*　　　*　　　*

Una tarde como cualquier otra, el Shisai Seku estaba estudiando en la biblioteca cuando vio a su discípulo un poco triste y se acercó. Se dio cuenta de su frustración y decidió darle una mano, enviándolo a buscar un libro en el tercer sótano del monasterio. Suyukai, sorprendido por la existencia de un tercer sótano, ya que él sólo conocía dos, miró al niño que estaba jugando en el suelo y Seku-sama, quien le notificó que cuidaría del niño en su ausencia, le dijo que buscara una puerta oculta al final del Salón de los Ancianos en el segundo sótano. Así que partió lleno de emoción mientras miraba al bebé, que se despedía de él, en los brazos del Shisai Seku.

Al llegar al monasterio se dirigió inmediatamente al segundo sótano. Una vez allí, admiraba los libros antiguos que allí se encontraban, libros disponibles sólo para los Shisai y los estudiantes avanzados, como él. Libros hechos a mano con cubiertas duras, frágiles manuscritos como pétalos, diarios, pergaminos y todo tipo de libros tan antiguos como los Versos Shinsei-Seishin. Finalmente llegó al Salón de los Ancianos y en él, vio puertas que ocultan dentro los secretos de los Jardines de Cowra y el Shinseikawa; vio puertas abiertas con varios Shisai estudiando los libros, revisando los versos, escribiendo en diarios y componiendo nuevas melodías, entre otras cosas.

Una vez al final del pasillo, se encontró con una pared de ladrillos tan alta como el propio monasterio. En algún lugar detrás de ese muro estaba la entrada hacia el tercer sótano, así que buscó anomalías en la pared, pero la pared era tan vieja que era naturalmente anormal en todos los sentidos...

Sintió que era inútil, cuando de pronto puso un pie sobre un ladrillo suelto en el suelo y este se enterró como un botón. Suyukai, asustado, no supo como reaccionar y cuando quitó su pie, para su sorpresa, se abrió una puerta a su lado, detrás de una estantería, que conducía a un estrecho pasillo.

Se encontró caminando por un pasillo increíblemente viejo, que lo llevó a un calabozo, tal vez más antiguo que el mismo monasterio. Había oído historias de monjes atrapados en los calabozos, de los fantasmas de los Shisai pasados que rondaban estos pasajes, pero nunca había visto tales calabozos y para el resto de los monjes que vivían en Cowra todo era sólo un viejo mito.

Mientras caminaba, un golpe de viento frío que vino del fondo del pasillo le hizo contener su aliento. Si no había conductos de ventilación ni nada similar, ¿de donde provendría? Al principio se sintió muy sobresaltado, pero respiró profundo, erigió el pecho y continuó. Una vez al final del pasillo, se encontró con una vieja puerta de madera, con el pomo hecho en cobre esculpido, increíblemente detallado con la forma de un rostro que no reconoció.

Abrió la puerta, y en el interior, tres estanterías alineadas alrededor de un pedestal en el centro, con un libro encima. Se acercó al estrado y miró el libro fijamente por un tiempo... No tenía nombre, a diferencia de los otros que había visto en Cowra, pero era diferente de muchas otras maneras: la cubierta estaba hecha de una piel extraña, muy dura, como una concha marina y todo lo que había en ella era un dibujo semejante al fuego...

Decidió leer el contenido del libro. Después de un rato tomó el libro y se sentó en el suelo a seguir leyendo... Con el paso de las horas, su único alimento fue el conocimiento que encontró dentro él. El tiempo voló como si no tuviera motivo alguno, como el agua fluye en el Shinseikawa, como el viento sopla entre los pinos del Bosque Shinden, sin embargo, Suyukai no sentiría nada de esto, todo fue felicidad mientras nadaba entre las palabras.

De pronto, leyó algo que le sorprendió como nunca se hubiera imaginado, así que tomó el libro y trató de volver arriba, pero algo le impidió sacar el libro. Era una extraña energía magnética que no le permitía ser extraído de la habitación. Así que se entregó a la fuerza, colocó el libro en su posición inicial y se fue corriendo a la biblioteca donde pensaba que el Shisai Seku esperaría por él.

Una vez fuera, en el Aula Magna, un salón sencillo con cuatro pilares, sosteniendo el techo y una pared con una puerta que da entrada a la primera planta; se percató que el sol estaba saliendo y se preguntó cuánto tiempo pasó allí... pero no le importaba, así que fue a la recámara de su maestro, donde sabía que estaría despierto. A unos metros, la puerta se abrió y el maestro se paró frente a su ansioso discípulo. Entonces le pidió que lo acompañe en una caminata, dejando al bebé durmiendo en la recámara.

Partieron en su caminata sin ir muy lejos, y Suyukai tenía tantas cosas que decirle a su maestro, quien sostenía ligeramente su túnica mientras caminaba. Antes que Suyukai pudiese hablar, su maestro, más sabio al fin, le dijo estas palabras:

"Una oruga se convierte en mariposa, pero aún vive como el mismo ser, la misma alma, sólo que un cuerpo distinto, de alguna forma. Sólo la mariposa puede saber lo que es transformarse de esa manera, por lo que sólo uno mismo puede comprender la realidad de su camino.

Incluso cuando uno se encuentra con nudos en el camino, sólo uno conoce y entiende la manera de desatarlos. Pero sé consciente que esas respuestas sólo tu camino te las proveerá. Yo como tu tutor, sólo puedo guiarte con lo que he aprendido en mi camino, para que puedas encontrar las respuestas en el tuyo, pero la respuesta en sí no te la puedo dar.

El conocimiento es como una horquilla perdida, encontrada por un extraño y devuelta a su dueño, sólo el dueño sabe su valor real."

Suyukai mantuvo su silencio después de esas palabras. Algo en su interior obtuvo respuesta... su maestro fue lo suficientemente sabio para contestar antes de que las preguntas fueran hechas... tal vez porque él lo conocía tan bien, después de todo fue gracias a su crianza que Suyukai creció tan sabio.

En el libro, el Gakushu leyó algo acerca de una profecía extraña que contaba la historia de un bebé, nacido de un ángel lunar y un lobo Shinobi, con el kamón del Ookami en el cuello. La marca se revelaría una vez que una lágrima de su madre tuviera contacto con el corazón del infante. Esa marca de nacimiento tomaría la forma de tres lágrimas y se le conoce como *"el Akemi[1]"*, representando el ciclo eterno del fin.

---

1 **Akemi:** Esgrima. Kamón de un clan o familia Shinobi.

Fue entonces cuando pensó en los tres puntos en el cuello de Iosuke y la piedra en forma de estrella. Habiendo pasado un tiempo con su maestro, se sentía muy cansado. Después de todo duró cuatro días en aquella habitación, según el Shisai Seku.

El descanso era necesario, por lo que regresó a buscar al pequeño Iosuke e irse a su habitación. Había construido una cuna para Iosuke con las piezas de bambú en las que lo encontró, y por supuesto, la manta que lo envolvía. Estaba a punto de poner al niño a dormir, cuando el sonido de un ave, fuera de la ventana, lo despertó, haciéndolo llorar.

Suyukai lo tomó y lo sostuvo fuertemente en sus brazos mientras le susurraba melodías de los Versos Shinsei-Seishin para calmar su llanto. Una vez dormido, Suyukai lo colocó de nuevo en la cuna cuando, accidentalmente, la piedra en forma de estrella cayó sobre el pecho del niño, despertándolo de nuevo, pero esta vez sin lágrimas... en su lugar, una luz repentina robó la esencia de la habitación dejando a Suyukai ciego por un segundo, revelando imágenes de ensueño en su mente.

Una vez que se recuperó, se acercó a la cuna, preocupado, y encontró al bebé durmien-

do como nunca antes... tan tierna y pacífica-
mente... una bella imagen para Suyukai quien
se detuvo a admirarlo, hasta que se dio cuenta
de algo extraño en el cuello de Iosuke, y su
sangre se congeló por un segundo...

Eran las tres lágrimas... era el Akemi.

AL POLVO VOLVEREMOS

C erca de dos años habían pasado y el pequeño Iosuke crecía rápidamente. Desde el evento con la piedra en forma de estrella, Suyukai seguiría estudiando duro para encontrar respuestas, mientras pasaba tiempo con el niño, a excepción de cuando estaba leyendo ese libro en el tercer sótano. Estaba recibiendo la ayuda del Shisai Seku como era normal, pero menos ahora que antes, ya que pronto tomaría el lugar de su maestro como Shisai. Pero para que uno pase a ser Shisai, su maestro tenía que pasar a mejor vida o tendría uno que abandonar Cowra; lo que significaba que para que Suyukai se convirtiese en Shisai, el Shisai Seku tenía que morir.

Ésta y otras tradiciones habían sido transmitidas durante siglos en Cowra. Todos los monjes eran Sohei[1] entrenados y maestros de los secretos Shinobi, haciendo de Cowra un monasterio Shugendo y a todos sus monjes Yamabushi[2], siempre siguiendo el camino del guerrero como monjes. Pero ellos no estaban solos. Ellos tenían un vecino, un pequeño pueblo perdido en el bosque de Shinden; un pueblo donde todos los hombres y mujeres eran Jizamurái[3] altamente entrenados. Era una tierra de fuertes guerreros que habían vivido en paz, sin contacto con el mundo exterior desde su reclusión. Este era el pueblo de Utopía y ellos eran los únicos que sabían de la existencia del monasterio, pero ninguno, a excepción de los propios monjes, sabían donde se encontraba...

*   *   *

La relación entre el Shisai Seku y Suyukai era diferente a todos los demás Shisai y sus alumnos. Era más bien como una relación padre-hijo. Cuando Suyukai todavía era un bebé, su madre y su padre murieron en un terrible accidente, un incendio que le costó la vida a varios utopianos. Huérfano a muy tem-

1 **Sohei**: Monjes guerreros.

2 **Yamabushi**: "El que se establece en las montañas"

3 **Jizamurái**: "Samurái de la tierra".

prana edad, su abuela se encargó de criarlo. Cuando el niño cumplió cinco, la abuela se puso en contacto con un viejo amigo de la familia y monje de Cowra, el Gakushu Vitose Seku, un hombre mayor, quien llegó, tomó al niño y lo llevó al Templo de Utopía.

Durante mucho tiempo, el Gakushu Seku enseñó al chico a amar la naturaleza, abriendo su mente al conocimiento del mundo, liberando su alma de todas las ataduras materiales. A los nueve años Suyukai todavía era un niño incansable que le encantaban los juegos y divertirse como cualquier otro niño de su edad, sin embargo, también tenía una visión muy madura de la vida y una habilidad natural para el Budo[1]. Una vez tuvo una plática con un Gakushu que dejó a la mitad de la ciudad sorprendida con su conocimiento y su capacidad de comprender ciertas enseñanzas y textos que se encontraban muy lejos del alcance de un niño de su edad.

El Gakushu Seku se dio cuenta de que era hora de que Suyukai diera el siguiente paso. Así que se lo llevó por un largo camino hasta donde Seku había aprendido todo lo que sabía. Mientras preparaba el viaje, Seku le explicó

---

1 **Budo**: El estudio de las Artes Marciales.

adonde se dirigirían y la impaciencia creció en el corazón de Suyukai. De vez en cuando le preguntaba sobre el monasterio, la gente, los libros, el jardín. Pero Seku, a todo esto, sólo respondía:

"La paciencia es una virtud para los hambrientos de conocimiento. La ignorancia es una bendición para aquellos que no temen lo que su camino contempla. Así que aprende a ser paciente y aceptar la ignorancia que encierras mi joven viajero, ya que es el regalo de la vida para ti."

Detrás de los límites del pueblo había un bosque de pinos muy espeso que parecía interminable. En algún lugar dentro de este bosque, había un muro cuya entrada tenía dos enormes puertas de madera con detalles de oro por todas partes, y detrás, el Monasterio y los Jardines de Cowra.

Suyukai maduró allí dentro con las enseñanzas de los monjes y el Gakushu Seku, quien, no muchos años después, se convirtió en el Shisai Seku con la partida de su maestro, el Shisai Masaru. Suyukai conoció la verdad de vivir (lo cual, aclarado sea, no es en absoluto la verdad de la vida), algunos secretos de los Jardines, las Bibliotecas, el Shinseikawa, el Puente de Piedra, etcétera. A temprana edad, a diferencia de los demás, aplicó para el título y todavía estaba preparándose para lo que parecía ser el más joven Shisai en la historia de Cowra.

La relación entre Suyukai y Seku llegó a ser muy estrecha, no había cosa alguna que no supiera el uno del otro. El Shisai Seku no sólo fue un padre para él, sino también su mejor amigo. Cuando por fin se enteró del último paso para convertirse en Shisai, se sintió triste. Su madurez, sin embargo, le permitió adoptar y aceptar los hechos, al igual que Seku en su tiempo.

En una de esas largas caminatas entre Seku y Suyukai, tuvieron una discusión sobre el propósito del pequeño Iosuke y el sentido de su existencia, y cómo el libro sin título explicaba cosas sobre la vida de Iosuke que iban mucho más allá de la comprensión de Suyukai. Según el libro, Iosuke era parte de una profecía extraña, una leyenda acerca de un gran poder. A esto Seku respondió:

"Todo es parte del Recordatorio de los Dioses."

Esa misma noche, mientras descansaba en su aposento, Suyukai notó movimiento hacia la recámara de Shisai Seku y, siempre atento, dejó durmiendo al pequeño Iosuke y se dirigió a la habitación de su maestro. Una vez allí vio a Seku en la cama con una mirada tan pálida que sólo traía malas noticias. El monje junto a él bajó la cabeza, mientras se ponía de pie y se dirigía a la puerta. El momento se acercaba.

A la mañana siguiente Suyukai se despertó inquieto, inquieto por la salud de su maestro. Iosuke y él pasarían la mayor parte del tiempo con Seku-sama haciéndole compañía, buscando que se sienta lo más cómodo posible. El Shisai Seku notó la preocupación de Suyukai desde el principio de su condición, pero no pudo hacer mucho al respecto. Sin embargo, en una de sus conversaciones, Seku-sama le contó una historia que le hizo desistir en su búsqueda de un remedio para su maestro y le ayudó a entender una gran parte de lo que sería su futuro:

"Una vez, en una tierra lejana, un niño jugaba en un jardín, y el agujero en un árbol cubierto con una tela de araña en el interior le llamó la atención. Curioso como cualquier otro niño, se acercó y vio una arañuela grande y muchos objetos pequeños, blancos y redondos que creyó

eran sus huevos. Se fijó cómo trataba los huevos, con cuidado, cierta ternura y afecto maternal.

Pocos días después, volvió al lugar para encontrar los huevos ya agrietados y muchos pequeños bebés araña en los alrededores. Esto le pareció lindo y notó cómo la madre reunía a todas las crías a su alrededor. De repente, se pasmó, al ver como las pequeñas se comían a su madre viva. Sorprendido por esta escena corrió a la casa. Luego pensó en lo que vio mientras observaba a su propia madre limpiando, cocinando, arreglando y haciendo todo tipo de cosas, incluso cuando estaba cansada y desgastada. Entonces salió corriendo de la casa, se sentó en el césped y siguió jugando..."

Suyukai entendió muy bien el mensaje y se sentía agraciado de haber tenido tal maestro. Esa fue su última conversación...

BUSHIDO,
EL CAMINO DEL GUERRERO
PT. 1

El día estaba húmedo, la lluvia había caído con fuerza, la hierba mojada tenía una maravillosa esencia peculiar, el otoño se aproximaba... El pequeño Iosuke crecía como el viento invernal. Su tercer aniversario en el monasterio estaba cerca. El conocimiento crecía grande en él también. Le gustaba estudiar los versos con Suyukai... para él, era divertido aprender lo que era importante para 'su pueblo'. También creció sintiendo el cariño de los monjes. Era como el niño de todos, y Suyukai su figura paterna.

Ya para este entonces, Iosuke estaba apasionado con el Zen[1] y cada vez que se perdía

1 **Zen:** Filosofía y secta budista.

en los Jardines era fácil ubicarlo cerca del Puente de Piedra, haciendo Zazen[1], inspirando mucho a todos, para un niño de su edad. Suyukai le estaba enseñando a leer con los libros sobre el Zen y sobre el Camino del Ser, y Iosuke estaba más que contento de ver, aprender y vivir esas cosas.

Seis meses habían transcurrido desde la muerte del Shisai Seku, y Suyukai pronto iba a tomar su lugar. Pero eso no era lo único en su mente... también estaba trabajando en la celebración del cumpleaños del pequeño Iosuke. Se había dado cuenta de que el niño era muy fogoso, cuando del Bu[2] y el Budo se trataba, ya que era algo que no veía mucho en el monasterio, salvo el entrenamiento Shinobi que los monjes recibían. Sentía mucha curiosidad, y las historias sobre los Bushi[3], los Samurái[4] y los Sohei de épocas pasadas fueron una gran influencia para él: la disciplina, el respeto, el arte, el honor, la energía, todo era una bendición para él. El regalo de Suyukai le ayudaría por el resto de sus días...

---

1 **Zazen**: Meditación pasiva Zen.

2 **Bu**: Antiguo término aplicado a la parte marcial de la cultura japonesa.

3 **Bushi**: Guerrero.

4 **Samurái**: "Aquel que sirve."

*   *   *

Iosuke despertó ese día y sabía que era su día...

Los árboles estaban perdiendo sus hojas, el clima estaba frío y húmedo, los pájaros cantaban canciones tristes y su corazón se sentía frío y cálido al mismo tiempo. No podía entender por qué, pero le encantaba. Estaba caminando hacia la pequeña terraza, encima del Shinseikawa, cuando se dio cuenta de que ahí estaba Suyukai hablando con otro Gakushu. Corrió hacia él y saltó en sus brazos lleno de alegría. Suyukai tomó ese momento para felicitarle en su aniversario y le dijo que tenía una sorpresa para él. Ambos caminaron hacia la plaza principal en el monasterio, donde todos los Gakushu y los Shisai esperaban por los dos. La ceremonia fue preparada e Iosuke se sentía muy tímido. Sin embargo, esta ceremonia no era para él, sino para Suyukai. El Abbott[1] Kitoe, el de mayor rango entre todos los Shisai y Shisai Maestro de los Jardines de Cowra, se acercó a Suyukai, quien ya anticipaba lo que estaba por pasar, y le pidió que se arrodillara:

---

1 **Abbott:** Líder de una comunidad religiosa con base en una abadía o monasterio.

"El tiempo es algo que nos cambiará a todos. Es parte de la naturaleza y parte del Camino del Ser. Hoy, el tiempo te ha dado la oportunidad de convertirte en otro de los muchos pilares que sostienen este lugar como una sola fuerza poderosa en el conocimiento. Hoy es cuando tú, mi joven Suyukai, pasas a ser Shisai..."

Cerca del final de la ceremonia, el Abbott Kitoe le dio a Suyukai el Inka Makimono[1], un certificado de Iluminación, y un Kesa[2], una manta de lino fino, exclusivo para los monjes Shugendo. El Gakushu Suyukai era ahora el Shisai Suyukai. La ceremonia duró alrededor de dos horas. Iosuke estaba más excitado que Suyukai mismo, pues no sólo era la primera vez que vio tal ceremonia, sino que también fue en nombre de su padre, y estaba pasando en su aniversario.

Después de la ceremonia, la tarea primera del Shisai Suyukai era escoger, entre la población de Cowra o de Utopía, uno que fuese su alumno. Su elección fue obvia: Iosuke. Desde ese día, el pequeño Iosuke se convirtió en Gakushu, el más joven hasta el momento. Esto era un honor para él, quien, a su tan corta

---

1 **Inka Makimono:** Pergamino de Iluminación certificada.

2 **Kesa:** Chal o manto ritual.

edad, entendía más o menos la responsabilidad que se le otorgaba. Para él, este era el mejor regalo que podría recibir. Pero las sorpresas aún no habían terminado.

Los Shisai eran conocidos por su disciplina Bodhisattva[1]. Aquellos que alcanzaran la Iluminación, regresarían entonces para ayudar a otros alcanzarla, en lugar de pasar al Nirvana. Ellos buscaban la luz, el conocimiento, pero no la perfección, ya que todos creían que sólo los dioses, como nuestro Señor Seika-Seijin, podían alcanzarla y no había quién sobre la tierra que pueda nunca compararse a un dios; incluso sólo la idea se consideraba una blasfemia, un insulto hacia todo lo que creían. Iosuke tendría entonces que participar en la Ceremonia Hyoko[2], haciéndolo formalmente un monje de Cowra y tomando su primer paso hacia la Iluminación. Todo esto seguido de un juramento de nunca revelar la ubicación del monasterio.

Esa noche, un festín especial se llevó a cabo, tanto para el Shisai Suyukai como para el Gakushu Iosuke. Suyukai aprovecho este momento para darle su verdadero regalo a

---

1 **Bodhisattva**: Alguien que ha alcanzado la Iluminación, pero ayuda a otros en su búsqueda de la ella.

2 **Hyoko**: Elevación.

Iosuke. El Abbott Kitoe ofreció un brindis, se levantó y dijo:

"Hoy es un día de alegría para todos nosotros de muchas maneras. Nuestro Señor Seika-Seijin nos ha dado mucho que agradecer y sabemos que el alma del Shisai Seku está sentada en el cielo mirando hacia abajo y celebrando con nosotros. La ascendencia de Suyukai a Shisai y de Iosuke a Gakushu es motivo más que suficiente para regocijarse.

Sin embargo, hoy en particular, compartimos celebraciones. Hoy también celebramos la vida. Quiero dedicar estas palabras a nuestro más joven Gakushu: Ookami Iosuke. Hoy se cumplen tres años desde que has estado entre nosotros y conmemoramos tu llegada a nuestra familia espiritual. Es para mí un gran placer ofrecerte esto, como regalo de todos nosotros a ti, pero, sobre todo, de tu maestro."

Suyukai se puso de pie y con una sonrisa en su rostro dio a Iosuke un pergamino que lo denotaba como estudiante formal del Seika-ryu[1], situado en el pueblo de Utopía. Esto era para que él entendiera la mente de los demás, no sólo los que estaban dentro del monasterio. Una manera de aprender sobre el comporta-

---

1 **Seika-ryu**: Estilo del Fuego Sagrado.

miento fuera de lo que conocía, y, claro está, la experiencia del verdadero entrenamiento samurái.

Eso llenó al niño de tanta alegría que nadie en el monasterio pudo ignorarla.

BUSHIDO, EL CAMINO DEL GUERRERO PT. 2

La escuela Seika-ryu era el único dojo[1] en toda Utopía. Era incluso más viejo que el Utopíaji, y el pacto entre los monjes de Cowra y el pueblo de Utopía. Era realmente la sede del pensamiento y la historia de Utopía.

Iosuke-kun estaba muy entusiasmado por este viaje fuera del monasterio y por conocer a otros, especialmente otros niños de su edad. El Shisai Suyukai había preparado la primera visita de Iosuke al dojo para dos noches después de su aniversario, con el fin de esperar el regreso de la calma dentro de todos los demás Gakushu y Shisai. Había una cosa común en

---

1 **Dojo:** Escuela de artes marciales.

todos los monjes de Cowra: El Jin[1]. Ellos eran Sohei capacitados que decidieron tomar el camino del Zen, en la búsqueda de la Iluminación en lugar del camino de la guerra. Todos los gakushu, en este punto, provenían de Utopía y habían estudiado en el Seika-ryu.

El día llegó. Iosuke-kun ya estaba despierto cuando el Shisai Suyukai se percató del sol en su rostro. Se prepararon de modo que después de la Cha-no-Ya[2] se dirigirían al dojo a reunirse con el sensei[3].

Mientras caminaban hacia el dojo, a través del bosque, Iosuke mostraba frenesí y alegría. El Shisai Suyukai se sentía muy feliz y seguro del destino del chico como un Bushi. Cuando llegaron, Iosuke dirigió sus ojos directamente al kamón del dojo y se dio cuenta que era una familia Shinobi, lo que le emocionó aún más.

Una vez allí, el Shisai Suyukai e Iosuke encontraron al grupo meditando. Esperaron hasta que hubieran terminado, y así entonces presentarle a Iosuke al sensei. Suyukai se acercó entonces a un hombre ligeramente viejo,

---

1 **Jin**: Samurái que prefiere el camino del Zen al camino de la guerra.

2 **Cha-no-ya**: Ceremonia del té.

3 **Sensei**: Maestro.

y le saludó como si se conociesen de amistades pasadas.

El Shisai Suyukai le presentó a Iosuke como el "Gakushu Ookami Iosuke". El sensei, un kokujin[1], Dogo[2] de Utopía y nieto del Abbott Kitoe, era Kitoe Yamiko Soke[3]. Él era maestro de todos los estilos que se estudiaban en el dojo y viudo de la nieta del fundador, Shachi Ikami Sensei. Iosuke se sentía muy emocionado de estar allí y no podía dejar de demostrarlo. Yamiko Soke tenía un hijo llamado Yruma de la misma edad que Iosuke y que recién entraría en el dojo también. Yruma era un niño pequeño, sobresaliente, con ojos que mostraban un gran potencial. Le fue presentado a Iosuke y se le pidió que le mostrara el recinto, mientras que Yamiko Soke y el Shisai Suyukai recuperaban el tiempo perdido.

Una vez que los dos niños se perdieron de vista, Suyukai le habló a su viejo amigo sobre el augurio de Iosuke. Esto sorprendió a Yamiko, pues tenía una situación similar con Yruma. Al parecer la madre de Yruma, Ukase, quien falleció en el parto, tenía un secreto, el

1 **Kokujin:** "Hombre de provincia".

2 **Dogo:** Líder de un pueblo.

3 **Soke:** Director, cabecilla de una escuela de artes marciales.

cual fue revelado a través de una carta que había escrito antes de morir. Según la carta, ella tenía sangre divina y un linaje estelar. En la carta, dirigió a su marido a buscar su diario, oculto dentro de la casa, donde todo se explica con más detalle.

Su familia desciende directamente de Sachi Ikami, y esto venía con un incomodo peso extra. También hablaba de un camino que Yruma debía recorrer, una guerra que Yruma tendría que luchar, luchar y ganar... En la carta, Ukase pidió a su marido cuidar y entrenar bien a su hijo Yruma. Esto intrigó a Suyukai de muchas maneras.

El primer día de Iosuke e Yruma fue muy interesante para ambos. No sólo eran los más pequeños en el grupo, sino que también eran los que más esfuerzo demostraban.

Antes de llegar a Cowra, Suyukai se detuvo y le dijo a Iosuke que se sentase debajo un pino, lo que hizo sin dudar. Suyukai se sentó junto a él y le dijo:

"Mira esa ave en el cielo. Es capaz de mirar más allá de la vista, capaz de ser una con el viento. Admira cómo baila con las ondas de aire que la rodean. El Bu es como ese pájaro, es un baile con la naturaleza, te mostrará cómo ver

más allá de los ojos, cómo ser uno con el viento. Pero no puede romper las leyes que la naturaleza le ofrece, dado que estas leyes son las mismas leyes que se ofrecen a todo ser viviente en esta tierra. Algunos deciden aceptar, y algunos otros eligen la negligencia. El hombre es naturalmente negligente, pero el Bu le muestra cómo aceptar a todos.

Al igual que la naturaleza nos trae de los cielos para pasar el tiempo que nos ofrece, la naturaleza es quien decide cuándo volvemos, la naturaleza y sólo ella puede decidir esto; no el Bu, no el ave, no los hombres.

Así que de ahora en adelante debes ser prudente y tratar estas cualidades respetando a las leyes de la naturaleza."

Iosuke estaba un poco confundido, sin entender muy bien estas palabras, pero aun así estarían talladas en su mente para siempre.

Una vez de vuelta en el monasterio, Suyukai regresó a sus estudios, mientras que Iosuke se dirigió al balcón para seguir practicando lo que había aprendido ese día. Todo el mundo estaba de regreso a las actividades del día a día, pero Iosuke se aventuraba por un mundo nuevo...

CUANDO LA TIERRA Y EL AGUA SE UNEN

E ra un día lluvioso de primavera, por lo que Yruma estaba feliz. Le encantaba todo lo que involucrara agua en su estado natural. De alguna manera le daba energía, o al menos eso sentía. Iosuke en cambio, sentía más pasión cuando se trataba de la selva salvaje y los misterios del bosque. Habían estado en el dojo ya por dos años, practicando diferentes técnicas y avanzaban más rápido que los demás. No había duda de que Iosuke e Yruma eran talentosos y dotados, pero lo que captaba la atención de todos era siempre su entrenamiento constante, incluso fuera de las horas de clase. Los dos niños se habían convertido en los mejores amigos al tratar de superarse el uno al otro. Este sentimiento de competencia los llevó a siempre andar juntos y hacer más o menos todo en equipo, lo que les permitía encontrar un momento para entrenar siempre que podían.

Este día en particular era un tanto diferente a los demás porque era el día de la Ceremonia Hyoko...

La edad normal para entrar en el Seika-ryu era cinco años, ya que es entonces cuando a todos los niños se les realizaba su Hyoko. Esta ceremonia era una forma de abrir el tercer ojo, el ojo del alma, de manera permanente, una tradición shinobi. Como Iosuke vivía en Cowra, su Hyoko ocurrió a los tres años, justo antes de entrar al dojo, después de recibir el título de Gakushu. Yruma por su parte, al ser el hijo del Soke del dojo, tuvo su Hyoko también a la edad de tres, pero más como una costumbre familiar. Fue por eso que fueron aceptados antes de tiempo en el dojo y no necesitarían pasar por esta de nuevo. La ceremonia de aquel año era especial porque el grupo de los nuevos estudiantes tenían la misma edad de los chicos, nuevos compañeros de clase, por lo tanto, nuevos amigos.

Los dos se treparon a los techos de alrededor, independientemente de la lluvia, para poder ver mejor a los chicos nuevos. El pueblo estaba reunido en la plaza principal, donde se encontraba el Fuego Sagrado y los chicos estaban sentados todos alrededor de él en profunda meditación. El Abbott Kitoe y Kitoe Yamiko Soke llevaron la ceremonia. Esta representaba la llama del fuego sagrado que se enciende en el alma, creando una visión de equilibrio con la naturaleza y mostrando el verdadero camino del ser hacia la Iluminación.

Después de la ceremonia, cada uno de los niños recibió un bokken[1], con el que andarían todos los días hasta salir de la escuela, y fueron agregados oficialmente a la lista de los estudiantes del Seika-ryu. Ya que este era el único dojo en el pueblo, todos, niños o niñas, tendrían que entrenar allí. Básicamente todo el mundo, después de cierta edad, era maestro en alguna de las técnicas enseñadas allí. Algunos de los que lograrían dominar las técnicas se convertirían en los asistentes y profesores de la escuela; aún la mayoría de los estudiantes sólo se quedan hasta sus quince años de edad en la escuela, y luego pasaban a formar parte de la cultura Jizamurái de Utopía.

---

1 **Bokken**: Espada de madera.

Una vez acabada la ceremonia, los dos niños se dirigieron al dojo para conocer a los nuevos estudiantes personalmente. La clase ya había empezado y estaban tarde. Un grupo más bien pequeño, trece estudiantes sentados en el suelo, mientras Okina Sensei, un hombre de baja estatura, gordo, gracioso, barbudo y maestro de Jujutsu[1], estaba sentado frente a ellos. Yruma e Iosuke deberían hacer una demostración de los fundamentos del Jujutsu a los nuevos estudiantes. Los otros niños estaban ansiosos por ver la demostración, pero cuando empezó, lo que los dejó empapados de sorpresa era la seriedad que ponían estos dos.

No se trataba de presumir o impresionar al sensei, sino más bien sobre la relación entre la habilidad, la práctica constante y la forma en que se equilibraban el uno al otro, como una artística danza marcial.

Luego de la demostración, la clase continuó como de costumbre. Los chicos nuevos mostraron un gran potencial, algo esperado dentro de una cultura de guerreros. Las clases continuaron normales el resto de la semana y como cada año, las salas del dojo se llenaron de nueva vida y energía.

---

1 **Jujutsu:** Arte de pelea sin armas.

Los estudiantes del dojo eran entrenados en los 9 estilos principales, de los que elegirían uno para continuar estudiando en su quinto año. Estos eran Kenjutsu[1], Iaijutsu[2], Ryotojutsu[3], Bojutsu[4], Naginatajutsu[5], Sojutsu[6], Shurikenjutsu[7], Bajutsu[8] y Jujutsu. Las clases eran divididas en los primeros cinco años a 3 horas por estilo a partir de la salida del sol, 2 estilos por día durante cinco días, a excepción de Kenjutsu, el estilo principal de la escuela, con un día completo de práctica. Cada clase iniciaría con una profunda sesión de meditación de 10 minutos llamada Kaiho[9].

Todos los días después de clases, Iosuke e Yruma irían al lago Shinden dentro del bosque para seguir practicando, así como para divertirse también. Ellos inventaron juegos, cuentos y aventuras en los que sentirían la

---

1 **Kenjutsu:** Arte de la espada.

2 **Iaijutsu:** Arte de la presencia mental y la reacción inmediata.

3 **Ryotojutsu:** Arte de usar ambas la espada corta y larga al mismo tiempo.

4 **Bojutsu:** Arte del Bastón largo.

5 **Naginatajutsu:** Arte de la lanza con navaja larga.

6 **Sojutsu:** Arte de la lanza larga.

7 **Shurikenjutsu:** Arte de lanzamiento del cuchillo.

8 **Bajutsu:** Arte de la equitación.

9 **Kaiho:** Liberación.

necesidad de utilizar sus habilidades. Esto cambió dentro de unas semanas, ya que en vez de ir solos como antes, algunos de los chicos nuevos se enteraron, y ansiosos de aprender y practicar más, pidieron que les dejasen acompañarlos y practicar con ellos. Aunque al principio inseguros, ellos aceptaron. Un equipo de seis niños, los acompañaron.

Este grupo crecería con el tiempo y pronto sería casi toda la clase. La primera vez los juegos fueron mucho más interactivos y desafiantes, al anochecer, todos se fueron a sus casas a descansar. Iosuke e Yruma, por otro, lado se quedaron un poco más en el bosque.

Mientras caminaban, encontraron una pequeña planta, y se sentaron a su alrededor como si fuera un juego. Después de haber hablado un rato sobre lo que la planta podría llegar a ser, Yruma comparó la planta a su amistad. Dijo que las plantas eran signos de alianza entre dos elementos, la tierra y el agua. La lluvia que caía en el bosque, encontraba conexión con la tierra al tocar las semillas que daban vida a la vegetación. Por lo tanto, las plantas eran el voto viviente de la amistad entre los seres de tierra y los seres de agua. Iosuke añadió que el aire y el fuego eran también parte de este vínculo. La vida no sería posible sin el aire, y el fuego del sol ayuda al proceso de crecimiento de todos los seres vivos.

Luego ambos decidieron tomar las metáforas y llevarlas al acto e hicieron un pequeño santuario, con cuatro grandes piedras alrededor del árbol y decidieron llamarlo "*Shizen Shinyuu Jinja*[1]", como ícono de su amistad.

Regresaron al dojo, donde el Shisai Suyukai esperaba por Iosuke. Los chicos tomaron sus caminos después de una despedida agradable, dirigiéndose a casa.

---

1 **Shizen Shinyuu Jinja:** Santuario del Mejor Amigo de la Naturaleza.

TENDENCIAS PIROMANIACAS

Pocos meses después del Hyoko, llegando el verano, la energía que surgía de los estudiantes de primer año era deslumbrante. La influencia de Yruma e Iosuke en ellos era de inmenso valor, observada y guiada por cada maestro de la escuela. Algunos niños habían ya mostrado un talento increíble para ciertas técnicas y el futuro se veía prometedor. Pero había uno que no mostraba mucho entusiasmo, por así decirlo, en ninguno de los estilos, y se estaba quedando atrás en cada clase. Él mostraba mucho más interés en el momento del kaiho que a la clase en sí. Él era el hijo más joven de la familia Katanakaji[1] del pueblo e incluso, cuando tenía alrededor todo tipo de espadas y armas de metal, no mostraba ningún

---

1 **Katanakaji:** Arte de la forja de espada.

interés en ellas. Él siempre decía que no tenía ninguna necesidad de armas, pero esto no lo demostraría siquiera en la práctica de Jujutsu. Su nombre era Hakuryuu Chewkashi, pero le conocían como Chewy, un chico pequeño, travieso y poco confiado.

Él no era realmente del tipo absorbente, o al menos así mostraba, ni le gustaba estar cerca de los otros niños. Había sido invitado a los juegos en el lago varias veces, pero siempre rechazaba la invitación. Era como si no le gustara la gente en absoluto. Esto era algo bastante inquietante para la mayoría, especialmente los docentes.

Una en particular, Izao Sensei, maestra en Bajutsu, decidió hacerse responsable y empezó por apartarlo todos los días después de clase. Ella, consciente de cuánto gozaba Chewy del kaiho, se sentó con él en un estilo guiado de meditación inquisitiva, llevando al niño a sus más profundas esquinas internas, y así entender la razón de su aislamiento. Chewy se sentía seguro con Izao Sensei. Ella le ayudó a perder el miedo a los caballos el primer día de Bajutsu; él tenía fe porque ella le ayudó a confiar en sí mismo.

Iosuke se dio cuenta de las sesiones, y le pidió a Izao Sensei que le permitiera participar para acompañar a su amigo. La sensei sintió que estaba bien, pero Chewy no estaba muy de acuerdo.

Después de la sesión, Iosuke trató de hablar con Chewy sobre la misma, y una vez más le invitó al lago con él y los demás. Chewy lo agarró entonces del brazo y prácticamente lo arrastró a un rincón en el bosque, no muy lejos del pueblo. Allí, Chewy, mal hablado, confesó que no sabía nadar y que él no confiaba en ellos para saltar en el agua sabiendo que podría morir. Era por eso que nunca iba con ellos antes... él le tenía miedo al agua y no quería que se rían por eso. Iosuke respondió con calma que eso era normal ya que la mayoría de ellos no nadaba al principio, pero aprendieron allí y era muy divertido.

"La primera vez que yo entré en el agua me sentía con miedo y ansias al mismo tiempo. Si no hubiera sido por Yruma probablemente no lo habría hecho. Él me mostró el camino del agua y como confiar en ella. Con la práctica aprendí a nadar y luego a confiadamente saltar al agua como si fuera mi casa.

Así fue como le mostramos a los demás. Todo lo que necesitas es un poco de confianza en ti y los otros."

Iosuke le mostró a Chewy, el dudoso, un sentido de fe y confianza que no había visto antes, y le ayudó a olvidar su vergüenza. Chewy sintió que había encontrado un amigo.

Una vez en el lago, el resto de los chicos ya habían comenzado uno de los juegos y de repente se detuvieron al ver a Chewy. Yruma salió y le saludó, incorporándolo a su equipo. Ya que Yruma era, por mucho, el mejor nadador entre ellos, le dio algunos consejos y se mantuvo atento todo el tiempo.

Al final del juego, Chewy salió del agua, con frío y temblando, y encendió un fuego en menos de tres minutos. Todos, asombrados, se sentaron alrededor del fuego y le preguntaron cómo lo hizo en tan poco tiempo. Dijo que ser el hijo de un herrero tenía sus recompensas. Tenía una pasión por el fuego y su padre le enseñaba el arte de forjar el metal, las propiedades del fuego y del metal, pero hasta el momento lo único que realmente sabía hacer bien eran pequeños fuegos.

Él sabía que algún día aprendería todo lo que pueda de su padre y tal vez tomar el negocio familiar.

La noche cayó y los chicos se cansaron. Habían compartido historias, contado chistes alrededor de la fogata y se rieron inocentemente. Yruma e Iosuke le dijeron al resto de los chicos que regresasen a sus casas antes de que oscureciera demasiado, y se dirigieron al Shinyuu Shizen Jinja para un momento de pacífica meditación antes de separarse, sin fijarse que les estaban siguiendo.

Una vez allí se sentaron, como era usual, frente al árbol y comenzaron su meditación, y fue entonces cuando sintieron otra presencia. Tomando el control, se pusieron de pie y preguntaron quién era. Entonces salió Chewy de los arbustos y se disculpó por haberles seguido. Ellos se miraron mutuamente y fue ahí que se dieron cuenta. Le explicaron lo que era este lugar y la connotación que tenía, recordaron la metáfora y lo conectaron como el sol que iluminaba la planta, el tercer elemento, el fuego.

Se trataba de una invitación propia y formal para que Chewy se uniese a su círculo limitado. Él aceptó la invitación y se sentó con ellos en meditación, al principio extrañado, pero poco a poco fue entendiendo la onda energética y fue acoplándose a ella como la danza entre el fuego en una hoguera.

Al día siguiente en clase, Chewy mostró el verdadero potencial en él y por primera vez superó las expectativas de todos con sus habilidades naturales. Había transformado la vergüenza en él en fuerza de voluntad. Su corazón estaba en llamas.

HERMANOS DE SANGRE

El Shisai Suyukai empezaba a ver un progreso real, por fin, en su investigación sobre el significado de Iosuke y cuál era su camino. Con el paso de los años, finalmente entendía la raza de lobos a la que el chico estaba relacionado; el poder que este clan poseía. Era un clan de guerreros Shinobi que tuvo sus orígenes en tiempos muy antiguos. El Akemi era el escudo de su linaje, y estaba conectado directamente con la energía de la tierra. Él sabía que había alguna conexión con el camino de Yruma, pero no la había encontrado todavía.

Él entendía que debía preparar a Iosuke como un shinobi, pero superando los desafíos de la vida como un lobo, ya que él conduciría a su pueblo a la libertad. Pero todo esto todavía era muy confuso para Suyukai. Para entonces, Iosuke todavía no sabía nada sobre esto. Suyukai sabía que, si él realmente iba a entrenar a este chico con este fin, tendría que hacerle saber la verdad pronto, pero no tenía idea de cómo ni cuándo.

Mientras Suyukai se rompía la cabeza con toda esta búsqueda, Iosuke estaba bien avanzado en sus entrenamientos bushi en el dojo, sin quedarse atrás con sus estudios de gakushu.

En el monasterio, él sólo lamentaba que sus amigos Yruma y Chewy no estuvieran allí para practicar dentro de los jardines. En su lugar, se entrenaría con los Shisai que dominaban las técnicas Shinobi, tratando de absorber todo lo que pudiera de ellos. Después de todo él estaba a punto de empezar su entrenamiento Shinobi. Estos hechos le daban una ventaja sobre el resto de los estudiantes en el dojo, incluso sobre Yruma, pero en realidad todo el mundo tenía algún tipo de ventaja de alguna manera gracias a sus antecedentes.

*   *   *

En el dojo, la tradición regía que después de cinco años de estudios de las artes marciales, uno debe de elegir un estilo a seguir, pero Iosuke e Yruma estaban dos generaciones por delante del resto. Ellos sabían que, si optaban por un estilo en su quinto año, una vez más tendrían que avanzar sin su generación. Esto significaba dejar a sus amigos atrás y esto no era algo que les interesase. Pidieron hablar con Yamiko Soke, no como casos especiales, ni como el joven monje ni como el hijo, pero como dos estudiantes meritorios. Esta solicitud tan particular, viniendo de ellos, sonaba bastante interesante, por lo que fue concedida.

En la audiencia, los instructores y el Soke del dojo estaban presentes. Los dos estudiantes se inclinaron ante sus maestros y llenos de templanza y buena voluntad les contaron sobre sus sesiones de entrenamiento, acerca de la forma en que trataban de ayudar a su grupo de toda manera posible, con el fin de conseguir el mejor equilibrio energético posible en el dojo, como un equipo. Mencionaron cómo se sentían conectados a su grupo, con la energía en la clase. Su petición era simple; que se les permitiera permanecer en el 3er año, y esperar a que toda la clase llegase a ese escalón, para que todos pudieran avanzar juntos.

Yamiko Soke, junto con sus maestros, sintió una energía noble y honesta durante la reunión, y las palabras que decían los chicos no podían más que amplificar esta energía. Yamiko Soke se puso de pie y, tan orgulloso como era posible, les concedió su deseo.

Ese verano, para la ceremonia Delta, donde cada alumno de 5to año elige una especialidad, la decisión de mantener Yruma e Iosuke con su generación fue anunciada. Pero ese no fue el único anuncio. Otro estudiante sería añadido a ese grupo, un niño con habilidades excepcionales. Él sería promovido al grupo de los chicos, a partir del periodo siguiente. Su nombre era Ashigaru Yóshiro.

Su nuevo primer día de clases, el chico entró al aula, tan tímido y asustado como un ave de porcelana junto a un gato de metal. Él había sido aceptado prematuramente, a los cuatro años, por su potencial, y estaba siendo promovido a un grupo, donde la mayoría eran casi dos años mayores que él. Le resultaba extraño estar entre mayores y le causaba miedo. Ninguno entendía cómo un niño tan pequeño y frágil como él, había sido promovido un año, hasta la primera demostración.

Okina Sensei, después de la meditación, le pidió que demostrase lo que había aprendido en sus entrenamientos de Jujutsu. Su oponente fue Yruma, a quien se le pidió que se adhiriese a los conceptos básicos. Entonces el rostro de todos cambió. En Yóshiro había cierta fluidez a la hora de las artes marciales. La forma en que cortaba el aire con tanto control, como si la gravedad no tuviera significado para él. Su tamaño y peso también le serían muy útiles, ya que no sólo era él dos años menor, pero obviamente también más pequeño y delgado que la mayoría. Era tan bueno que Yruma estuvo a punto de perder el encuentro, sorprendiendo a todos. La clase entonces le aceptó como a un igual, a pesar de la diferencia de edad.

Después de Jujutsu, tenían una hora de descanso antes de la clase de Shurikenjutsu, con la maestra Naara. Durante este tiempo los estudiantes normalmente sólo jugarían en el patio, algunos practicarían lo que acababan de aprender o se prepararían para su próxima clase, mientras que otros sólo dormirían.

Regularmente Iosuke, Yruma y Chewy tomarían este tiempo para refrescarse y meditar, pero esta vez se dirigieron hasta donde Yóshiro, que estaba sentado bajo un árbol comiendo un melocotón. Cuando los vio se asustó y se puso de pie rápidamente, pero Iosuke lo calmó con un gesto gentil, sentándose sonriente delante de él, entonces los cuatro terminaron sentados en un pequeño círculo compartiendo un poco de agua fresca. Yruma le preguntó entonces por su destreza; cómo podía moverse como lo hizo, saltar como lo hizo, fluir como el viento. Él respondió que era algo de familia...

"Ashigaru significa 'Pies Ligeros'. Desde el día en que un Ashigaru nace, la familia lo entrena en las artes de la danza, la acrobacia y el teatro. Aquí en Utopía, todos los años para el Festival del Fuego Santo, mi familia prepara un espectáculo en estas artes para alabar a nuestro Señor Seika-Seijin y agradecerle por lo que nos ha dado."

Esta era su ventaja sobre el resto. Chewy Entonces le preguntó por qué estaba tan asustado y tímido cuando entró por primera vez la clase si poseía tales habilidades. Yóshiro no sentía que este fuera el caso. Tenía miedo porque no confiaba en sus habilidades y sentía que era un error que lo mudaran a una clase más avanzada. Los tres intentaron demostrarle que estaba equivocado y fomentar coraje en él, buscando que vea este desafío como algo a encarar y superar, con la misma confianza colocada por los maestros en él.

El tiempo de descanso terminó y los cuatro muchachos se dirigieron a la clase. Naara Sensei había preparado un ejercicio en el patio, donde dividiría la clase en equipos. Con Yóshiro ahora eran dieciséis en total, de modo que la clase podría ser separada en 4 grupos iguales. Había un poste de madera en medio del patio, cuatro equipos de 4 en cada esquina, un shuriken por estudiante y una manzana. La dinámica consistía en colocar la manzana en el poste de madera, luego golpearla con un shuriken, antes de que otro equipo lo logre, sin herir a nadie. Tenían que ser rápidos, precisos, audaces y confiados. Chewy y Yóshiro estaban en el mismo equipo junto con otros dos estudiantes.

Después de haber intentado durante media hora, sólo 2 equipos se mantenían en pie, el de Chewy y Yóshiro y el de Yruma. A cada equipo sólo le quedaba un shuriken y la manzana estaba en manos de Yóshiro. Chewy pidió una pausa para discutir la estrategia y reunió al equipo. Los otros dos, junto con Yóshiro irían hacia el poste con la manzana mientras él corría detrás con la última shuriken en mano. Teniendo en cuenta que Yóshiro era el más rápido y más ligero, él debería saltar y colocar la manzana en el poste, mientras que los otros dos le cubrirían, de manera que Chewy a su vez lanzaría su shuriken para tumbarla, con la esperanza de ser más rápido que Yruma, que era un fuerte oponente con su estilo de shuriken. Yóshiro expresó sus dudas, pero Chewy le dijo que confiara, ya que ellos cuatro, juntos como un equipo, eran más que capaces de lograrlo.

Los dos equipos estaban en posición. La señal fue dada y todos ellos corrían como el viento, un equipo trataba de capturar la manzana, el otro lanzándola entre ellos para confundir al enemigo. En el momento de la verdad, Yóshiro tomó la manzana en el aire y saltó al polo sólo para ver a Yruma saltando hacia él. Por un instante temió, pero ya era demasiado tarde; su alma sentía la libertad del aire y desplegó sus alas como un ave fénix con un sólo propósito. Al segundo en el que la manzana tocó el poste, el shuriken de Chewy ya estaba en el aire y corto en dos rodajas la manzana, casi cortando a Yruma en la mejilla. Habían ganado la partida. Todo el mundo gritó de emoción por la victoria, incluidos los otros tres equipos.

Después de la clase ese día, Yóshiro fue invitado a los juegos habituales en el lago. Allí se sentía en su lugar, él era parte de una nueva familia y le encantó. Iosuke tomó un momento para hablar con Chewy e Yruma sobre el Shizen Shinyuu Jinja y cómo sentía que Yóshiro era la pieza que faltaba, el símbolo de aire. Ellos estuvieron de acuerdo y decidieron invitarlo después de los juegos.

Como siempre, en el crepúsculo, los demás chicos se fueron a casa, aprovechando entonces Chewy para invitar personalmente a Yóshiro a su fiesta privada para meditar.

Una vez allí, le explicaron de qué se trataba aquello, lo que significaba para ellos. Él se unió y se convirtió en un regular en estas reuniones. Fines de semana, días de semana después de clases, básicamente todos los días, ellos se encontrarían allí, no sólo meditando, pero también hablando sobre temas interesantes e importantes. El futuro, el pasado, el presente, estos eran parte de lo que guiaría sus conversaciones. Prácticas más pesadas, retos más difíciles, todo esto sólo por lo divertido que era.

Después de unas semanas, Iosuke sintió que era hora de cerrar el círculo, estuvieron de acuerdo y los cuatro hicieron una promesa: sin importar qué, se mantendrían unidos como hermanos hasta el final y serían los mejores de los mejores. Yóshiro se sentía tan seguro de esto que dio la idea de un pacto de sangre. Chewy entonces sacó un cuchillo que su padre le había dado con una inscripción particular: *"Isshoukenmei"* (Dar lo mejor de uno). Con este cuchillo, cada uno de ellos se cortó levemente un dedo y los cruzaron sobre el pequeño árbol, permitiendo caer una gota de sangre de cada dedo sobre él. Aunque esto podría ser considerado como un juego de niños, para ellos era muy serio. Pero aún así el verdadero significado de este ritual era mucho más de lo que imaginaban...

UNA BATALLA ÍNTIMA

E ra un invierno frío. Utopía estaba en calma y sus habitantes enfocados en sus actividades regulares. Los preparativos para el próximo Festival del Fuego Sagrado, celebrado en el verano, pronto comenzarían.

En el dojo las cosas eran un tanto diferentes. Yóshiro, Yruma, Iosuke y Chewy avanzaban rápidamente. Sus compañeros les llamaban los Cuatro Bestias de una manera amigable, pero para sus maestros esto era realmente un hecho. El kiai[1] que estos cuatro chicos llevaban dentro era notable y motivaba a todos. Esto animó al Soke a crear el primer Torneo de Principiantes de Utopía. Todos los estudiantes de nivel principiante (los primeros cinco

---

1 **Kiai**: Espíritu de lucha.

años) competirían unos contra otros en Kenjutsu, y los cinco ganadores representarían a sus años y a la escuela en el Festival del Fuego Santo, junto a los maestros y el Soke.

El día de este anuncio, toda la escuela cayó en el caos. Todos los niños se preguntaban acerca de las selecciones: ¿contra quién tendrían que luchar el primer encuentro?, ¿qué sería representar a su clase frente a todo el pueblo?, ¿se le otorgaría algún honor extra en la escuela a los ganadores? Sí, era un poco caótico, pero lo que más importaba era la real consecuencia; el entusiasmo que se observó en los estudiantes y la forma en que las clases cambiaron de alguna manera.

La energía que fluía de cada salón de clases era revitalizante, la seriedad que se veía a través de cada práctica. Cada estudiante tenía una necesidad genuina de entrenar y mejorar lo más posible. Aun cuando el torneo estaba previsto para la primavera, todos estaban ansiosos y dispuestos a ser y hacer lo mejor que pudieran para sobresalir. Durante meses todo lo que se podía ver era niños practicando de todas formas, en los patios del dojo, las calles y parques del pueblo y hasta los bosques de Shinden...

Un viernes soleado de primavera, tres días antes del torneo, se hicieron las selecciones. Todos los estudiantes se reunieron en el patio mayor oeste, esperando a ver quién sería su pareja de duelo. Los elegidos lucharían entre sí, y los ganadores de cada combate lucharían hasta que sólo quedase uno de cada año. Desde primer año a quinto año, todos estaban pendientes, ansiosos, nerviosos y la tensión era palpable...

Después de la selección, todos se fueron a casa a practicar, a excepción de los Cuatro Bestias quienes decidieron ir al bosque a entrenar. En el camino, no paraban de hablar acerca de la selección; sin embargo, Yóshiro estaba apagado desde entonces. Él había sido emparejado con una chica, y aunque eran compañeros de clase y habían luchado antes en práctica, todavía estaba un poco preocupado. Mientras Yruma y Chewy se burlaban un poco de él, Iosuke estaba tratando de darle ánimos. Pero Yóshiro todavía se mantenía preocupado.

Practicaron juntos durante todo ese fin de semana. Iosuke le había pedido a Shisai Suyukai permiso para permanecer en casa de Yruma por el fin de semana, y así entrenar, por lo que se estaba quedando en el dojo. El padre de Yruma le permitió traer a sus otros dos amigos también, para que todos pudieran practicar juntos.

Una tarde, los cuatro chicos estaban descansando cuando Yamiko Soke salió al patio. Yóshiro aprovechó este momento para hablar con su maestro acerca del duelo. Explicó cómo desde el principio ella, la compañera con quien combatiría, le había sido de gran ayuda y él la consideraba una muy buena amiga. Su nombre era Hishori Hotarubi, de una familia granjera, una niña pequeña con una simpática carita. Yamiko Soke cuenta de cómo sus preocupaciones eran puras y le dijo:

"Jibun wo Shinjiru (Cree en ti mismo).

Recuerda que ganes o pierdas, este concurso es sobre la práctica y la disciplina, así que al final nadie pierde. No pienses en ella como una niña, sino más bien como el guerrero que ella aspira ser. También sé consciente de que un guerrero honorable busca ganar en combate con medios honorables, y acepta la derrota con orgullo, sabiendo que dio lo mejor de sí. Si uno derrota a los otros de forma honorable, todos habrán ganado la lucha."

Esto hizo que el chico se replantease la situación, concentrándose más en la batalla y menos en su oponente. Yamiko Soke luego sacó algo de tiempo para hablar con los cuatro, admitiéndoles que habían sido ellos los que inspiraron el torneo; que incluso si ninguno de ellos se encontraba entre los cinco vencedores, seguían siendo una parte importante del evento. Sabía que algún día los cuatro serían grandes líderes y, como un equipo, harían de sí una fortaleza impenetrable de poderosos guerreros.

*　　　*　　　*

El día había llegado. El torneo iba a durar una semana y media, donde cada día una generación diferente competiría, empezando por la clase de primer año. Un espectáculo prodigioso fue visto. Las reglas eran simples: cinco golpes físicos determinarían al vencedor. El segundo día también fue hábil y admirable. El tercer y cuarto día, la escuela ya se había hundido en los aires de excelencia marcial y el formidable desempeño de técnica. Iosuke, Yruma y Chewy ya habían logrado sus duelos; el duelo de Yóshiro y Hotarubi fue el último del 4to día. Mientras esperaba, Hotarubi se le acercó. Él se sintió un poco incómodo, pero cuando ella le dijo que esperaba ver lo mejor de él y que ella no sería condescendiente, él sabía que estaba luchando contra un oponente admirable.

Una vez iniciado el combate, los dos niños lucharon sin miedo. El sonido de sus bokken en el aire podía ser escuchado en todo el patio. Al principio Yóshiro estaba evitando a Hotarubi, saltando y esquivando cada golpe que ella intentaba. Pero cuando menos se lo esperaba, él saltó sobre ella y la golpeó en la espalda con el bokken, consiguiendo así el primer punto. Cuando cayó al suelo, Yóshiro corrió hacia ella preocupado. Al acercarse, Hotarubi giró y abanicó su bokken a su rostro, pero él reaccionó rápidamente y lo bloqueó. La presión del golpe le hizo deslizarse unos metros en la arena. Al levantarse le recordó que no iba a ceder. Una sonrisa apareció de repente en el rostro de Yóshiro y el combate continuó.

Él ganó la batalla por un punto. Hotarubi era una exponente formidable de Kenjutsu y esto fue reconocido, pero fueron su velocidad y sus movimientos, fluidos como el viento, que le permitieron ganar. Después de la batalla Yóshiro se acercó y le dio crédito. Ella, por su parte, posó sus labios sobre las mejillas del chico, cuya temperatura se elevó drásticamente, haciendo que su piel se vea muy similar a un melocotón, tanto en textura como color. Así Hotarubi le dio las gracias por permitirle pelear y perder con honor. Él se quedó allí, congelado mientras ella se alejaba. Yruma, Iosuke y Chewy se le echaron encima de manera amable para felicitarlo, pero Yóshiro sólo se mantuvo allí con ojos de soñador...

El último día del torneo sólo cinco duelos quedaban. Era el final. En batallas anteriores, Yóshiro le había ganado a Chewy mientras que Iosuke resultó vencedor contra Yruma. Estos eran los últimos dos del cuarto año. Incluso siendo amigos, pelearon al máximo. Ellos mostraron un despliegue increíble de talento y de trabajo duro. Cada golpe de bokken habría sido decisivo en batallas previas, pero entre ellos era mucho más difícil darse cuenta. Después de los primeros veinte minutos no se había dado ni un golpe exitoso todavía. Sus ataques eran estratégicos y muy bien pensados. Cada movimiento que hacían era minucioso y preciso, se tratara de ofensa o defensa. Ambos demostraron ser embajadores dignos de su año y la escuela. No fue hasta que comenzaron a utilizar sus habilidades ventajosas que las cosas empezaron a cambiar. Primero se veía mal para Yóshiro, pero el poco conocimiento Shinobi que Iosuke tenía al final no pudo competir con la fluidez de la acrobacia de Yóshiro, proporcionándole a este último con la victoria.

Al final del día, los maestros y el Soke prepararon una ceremonia para los cinco guerreros victoriosos. Se les dio certificados y medallas conmemorativas a ellos, más una fiesta que había sido preparada por la gente de la ciudad para honrar y celebrar sus logros. En la fiesta, la risa y la alegría estaban a flor de piel, pero el más feliz de todos era Yóshiro quien compartió su victoria y alegría con sus tres mejores amigos. Si no hubiera sido por ellos nunca hubiera llegado tan lejos y eso le llenaba de satisfacción.

EL RECORDATORIO DE LOS DIOSES

C omo el viento que sopla en el Bosque Shinden, como el agua que fluye en el Shinseikawa, el tiempo pasó. Los años fueron como los días, y cada día como el pestañear de los ojos. Los cuatro chicos habían llegado hasta el día de la Ceremonia Delta. Era el momento de elegir un camino. Habían estado esperando este día por mucho tiempo, y aun cuando disfrutaban de todas las técnicas, sabían lo que querían. Iosuke en particular, sentía como si estuviera a punto de completar una etapa especial en su vida. Sin embargo, esto no era la única cosa en su mente.

Para entonces ya Iosuke había plenamente comenzado sus entrenamientos Shinobi y estaba bastante avanzado. Los adiestramientos

Samurái que había tenido hasta este punto le ayudaron enormemente con los Shinobi, pero más que eso, el Shisai Suyukai era un maravilloso maestro, exigente y desafiante. Él tomó el entrenamiento de Iosuke muy en serio y le quitaba mucho tiempo. Esto era algo deprimente para Iosuke, ya que no podía pasar tanto tiempo como lo hacían con sus amigos, aun así, él amaba su formación y aprendizaje de los caminos del Shinobi. Una cosa en particular que le gustaba de las artes Shinobi era el misticismo en ellas. Cosas como el chi[1], los chakras[2], la delgada línea entre la vida física y la vida espiritual, y la conexión de todo esto con la naturaleza le apasionaba.

Él también estaba fascinado por la historia de los Shinobi y su relación con la raza humana, que finalmente condujo a un cambio drástico en el mundo. Había aprendido que los Shinobi originales eran animales o bestias inmortales que caminaron sobre la tierra durante milenios antes de la era humana. Los Shinobi eran los guerreros asignados por los dioses para cuidar de Gaia. Su inmortalidad se basaba en el hecho de que cuando un Shinobi moría, o como ellos

---

1 **Chi**: Energía universal.

2 **Chakra**: Centros energéticos del cuerpo humano.

decían, 'era sacado del reino físico', su alma quedaría en el plano amorfo y podría volver al reino físico a voluntad.

Cuando el hombre fue creado, no tenía ningún poder como los Shinobi, sino que tuvo que luchar para sobrevivir, y lo hizo. Al principio, los Shinobi asustarían a los seres humanos, hasta el punto de casi ser una amenaza. Debido a esto los clanes Shinobi se escondieron entre los humanos, a fin de mantenerlos bien vigilados. Esta fue una tarea encomendada a los Shinobi por los dioses.

Los Shinobi encontraron en el mundo de los humanos una increíble fuerza de voluntad para vivir e incluso, en menos casos, un potencial y sabiduría increíbles. Esto animó a algunos clanes, especialmente las águilas conocidas como Tengu[1], a enseñar a los humanos las formas del Shinobi e incluso crear nuevas razas mitad humanos-mitad Shinobi. Pero no fue hasta que los hombres conocieron la codicia y corrompieron su propia alma con malicia que los Shinobi se arrepintieron.

Al involucrarse con los Shinobi durante siglos, los hombres llegaron a descubrir la

---

[1] **Tengu:** Deidad del bosque que se dice enseñó por primera vez a los Shinobi su arte. Se dice que son mitad humanos mitad ave.

verdad de la vida en el planeta. Los elementos que equilibran la vida en este planeta habían estado frente a ellos todo este tiempo, atento a su propia ignorancia; maravillas que los hombres intentaron controlar, lo que trajo una guerra que destruyó todo lo que los hombres habían logrado hasta entonces. Esta fue conocida como la Guerra por el Mundo.

Cuando los primeros hombres trataron de poner sus manos en los elementos, los siete dioses vinieron al mundo para castigarlos por su impertinencia. Esta fue la primera vez que los dioses se manifestaron ante la raza humana, destruyendo lo primero que los hombres adoraban ciegamente: su fe y con ella su voluntad. Para entonces los humanos seguían varias religiones y cultos de dioses y deidades, inspirados en los shinobi. Pero cuando las todopoderosas siete deidades del universo llegaron al planeta, todas estas creencias se derrumbaron. La condena de los dioses a los que se quedaron después de la guerra sería dejarlos a su suerte, para nunca volver a preocuparse por la insignificante existencia humana. Tomaron los elementos y los escondieron alrededor de todo el mundo para que nadie los encuentre.

El Shisai Suyukai le enseñaría esto y más todos los días durante su entrenamiento. Iosuke también utilizaría parte de su tiempo libre para leer en el monasterio sobre los Shinobi, de los miles de libros y pergaminos en las bibliotecas.

Una tarde de entrenamiento, Suyukai decidió llevar a Iosuke al Puente de Piedra para otra lección de historia. Una vez allí, se sentaron en el borde y Suyukai señaló con el dedo a la Piedra de la Vida, preguntándole así a Iosuke lo que sabía sobre ella. Él contestó, *"dentro de ella se encuentra la rosa que el Señor Seika-Seijin encontró, la fuente de vida y donde nace el Shinseikawa"*. El Shisai Suyukai entonces le dijo que era más que eso. La Piedra de la Vida era uno de los elementos que los dioses escondieron del mundo, custodiado, bajo un sueño seguro, por los monjes de Cowra.

El sacramento de la piedra era obvio. La razón por la que los seres humanos no deberían intentar nunca llegar a ella era explicada por versos antiguos. Afirmaban que, si los seres humanos trataban simplemente de tocar este o cualquier otro de los elementos, el mismísimo Señor Seika-Seijin una vez más volvería al planeta, pero para exterminar a la raza humana. En resumen, este era el Recordatorio de los Dioses. Sólo un shinobi legendario o un dios podía tratar de alcanzarlos. Pero, al menos en Cowra, absolutamente nadie intentaría jamás tocar la Piedra de la Vida. Teniendo en cuenta que es un deber shinobi el protegerla, por cada elemento, habría 4 guerreros shinobi legendarios para defenderlos, y se dice que vendrían al mundo físico siempre que los elementos estén en peligro real, sólo para evitar una catástrofe.

Iosuke entonces preguntó cómo era que había un monasterio en un lugar que se suponía se le estaba ocultando a los humanos. Suyukai le reveló, con pena, que no sabía la respuesta a esa pregunta; él sólo sabía que, por ser shinobi, ésta era su herencia. Y no mentía. La verdad era que existían muchos secretos sobre los Shinobi, los dioses e incluso el mismo monasterio de Cowra. Hasta este momento, el mundo había tomado un camino hacia la destrucción, y los únicos lugares que conocían donde la paz reinaba eran Utopía y Cowra, y para ellos esto era una bendición que le agradecían al Señor Seika-Seijin.

Suyukai luego confesó que lo había nombrado en honor a uno de los clanes Shinobi que protegían a Cowra, el padre de los lobos, mencionado en los versos Shinsei-Seishin, supuesto a ser el portador del verdadero balance. Iosuke-kun, quien confiaba en nadie más como en su padre, el Shisai Suyukai, sintió que esto era un inmenso honor. Él prestaba atención a cada palabra de su padre, y para él se trataba de la transmisión de un gran conocimiento inspirador, pero nada más. Él aún no tenía idea de qué tan conectado estaba a todo esto que aprendía. Lo que sí sabía era que quería ser más fuerte que nunca. Quería proteger su hogar, a su pueblo y a su mundo como los grandes shinobi de leyenda.

*   *   *

El día de la Ceremonia Delta, todos los estudiantes de quinto año habían ya elegido una habilidad a seguir. Esta habilidad era confesada en secreto al Soke, quien sólo la revelaría el día de la ceremonia. Había mandado a hacer armas ceremoniales especialmente diseñadas para cada estudiante, representando su elección, con una inscripción que leía: "nana korobi ya oki" (siete veces caigo, ocho me levanto). Era una forma de representar el esfuerzo y el trabajo duro que pasaron para llegar hasta ese día.

Estas armas eran como trofeos, para nunca ser utilizadas en batalla real, sólo decorativos, pero con más sentido que quizás cualquier otro elemento que alguna vez recibirían en su vida. La ceremonia terminó bien, sin eventualidades. Los Cuatro Bestias habían, por casualidad (¿o lo fue realmente?), elegido la misma habilidad, Kenjutsu, lo que implicaba por igual Ryotojutsu e Iaijutsu, permitiéndoles seguir juntos el mismo camino por el momento, casi como si estuviese escrito.

DESTINADO

C inco años después de la Ceremonia Delta, Iosuke, Yruma, Yóshiro y Chewkashi se habían convertido en los mejores amigos y habían avanzado en kenjutsu drásticamente. Sus maestros pensaban que estaban cada vez más cerca de ser superados por ellos. Ayudaban en el dojo con los estudiantes más jóvenes en las artes de Budo y Zen. Si no se encontraban en el dojo, estarían en algún lugar del bosque, practicando o perdidos en profunda meditación en su santuario privado. El entrenamiento sería como una forma de vida para ellos e incluso en sus actividades cotidianas encontrarían la manera de entrenar de alguna manera, casi como si el mundo hubiese sido su patio de recreo.

De vuelta en el monasterio, la vida se mantenía calmada, como las aguas del Shinseikawa. La mente de Suyukai siempre estaba hambrienta de conocimiento y como el poderoso Shisai que era, se alimentaba adecuadamente. El libro sin título había respondido a muchas de sus preguntas, pero aún así había creado también miles de dudas más. Para este punto Iosuke no tenía ni idea de la existencia de este libro o la realidad de su legado. Antes de permitirle a Iosuke echar un vistazo más profundo en la verdad, Suyukai tenía que comprender esta verdad él mismo.

Había un fragmento en el libro donde Suyukai se encontraría a sí mismo, de vez en cuando, regresando. Se refería a un viaje de los guerreros más poderosos de doce templos estelares diferentes, o al menos eso interpretaba él, pero el objetivo de este viaje no era revelado en el libro. Según el texto, existían una serie de manuscritos que no sólo tendrían las ubicaciones, sino también las historias de estos templos, conocidos como las Actas de la Unión. Estos lugares fueron mantenidos en secreto para el mundo desde el principio de los tiempos y eran resguardados en un principio por cuarenta y ocho monjes

Shinobi, cuatro por cada templo, elegidos por los dioses.

El libro contenía varios capítulos sobre este tema. Esto le dio otra razón para hundirse aun más profundo y buscar las respuestas. Hasta ahora había aprendido mucho más de lo que se decía en los versos Shinsei-Seishin sobre el Shinseikawa, la Piedra de la Vida, el Bosque de Shinden, el monasterio, el verdadero significado de Cowra y los propios versos, todo gracias a este libro. Al parecer, Cowra era uno de esos doce templos de estrellas, la Piedra de la Vida era el gran icono que contemplaba, el Shinseikawa el poder que traía, Shinsei-Seishin los versos que contaban la historia que nunca debía ser olvidada y el Bosque de Shinden la caja fuerte donde estos secretos eran guardados. Pero los guerreros nunca fueron mencionados en los versos, ni en las enseñanzas y mucho menos en el monasterio, con lo que más preguntas surgían a la mesa. ¿Serán estos guerreros los shinobi legendarios? De ser así, ¿cuál era el sentido del viaje? ¿Era esto historia o profecía? ¿por qué nadie sabía de ellos? Éstas fueron algunas de las nuevas preguntas en su mente.

A pesar de que Suyukai siempre estaría estudiando, no descuidaba a Iosuke en absoluto. Iosuke, que tenía casi 15 años de edad, sabía que Suyukai era su padre adoptivo, algo que nunca se mantuvo en secreto, pero aún no estaba familiarizado con sus estudios. Él sabía sobre la marca de nacimiento en su cuello, pero no sobre la leyenda y sin duda nada sobre el Akemi. Tener una marca de nacimiento en el cuello era algo común en Utopía, dado que todas las familias eran descendientes de Shinobi, lo que le ayudó a entender un poco más sobre la especie. Él podía reconocer un clan con sólo mirar su kamón, y había una gran variedad de ellas en Utopía. Lo que sí lograría llamar su atención era que no había nadie más en Utopía con una marca de nacimiento similar a la suya, pero esto no cambiaría lo que sentía.

En este punto sólo se preocupaba por sus entrenamientos básicos de Gakushu, Bushi y Shinobi y, por supuesto, cosas de chicos. Él todavía encontraba tiempo para jugar (o entrenar, como ellos le llamaban) en el Lago Shinden con sus amigos. Habían hecho mucho para mejorar sus habilidades e incluso lograron aprender nuevas. La agi-

lidad de Yóshiro había aumentado enormemente gracias a sus deberes acrobáticos con
su familia, e incluso hizo posible que Hotarubi entrase en el clan de los Ashigaru gracias a su relación con ella.

Chewy había aprendido las artes del Katanakaji de su padre y había creado incluso
trucos de batalla con fuego y espadas. Yruma
estaba perfeccionando las otras técnicas del
dojo, ya que algún día lo heredaría, y debía
demostrar que era digno mediante el aprendizaje y, con el tiempo, el dominio total de todo
lo que se enseñaba en la escuela. Sin embargo,
ellos siempre encontraban tiempo para com-
partir juntos.

*   *   *

Durante la primavera de ese año, tres
Shisai habían fallecido, levantando a tres nuevos Shisai y tres nuevos gakushu. Lo que tenían
en mente era hacer una sola gran ceremonia
de levantamiento en el otoño. El anuncio de
que los Shisai Aizu Kukai, Matsumara Makyo
y Sanyori Shinta junto con los Gakushu Kitoe
Yruma, Hakuryuu Chewkashi y Ashigaru Yóshiro serían elevados fue algo inusual. Iosuke
vio como un gran giro del destino y una bendición, el que sus mejores amigos hubiesen

sido seleccionados para ser gakushu. Pero esto, obviamente, no era una casualidad...

Desde la llegada de Iosuke a Cowra, los shisai de alto rango se reunían periódicamente para debatir acerca de su verdadero significado, ya que no era misterio ni secreto para el consejo todo lo que se sabía acerca de Iosuke, y su presencia era más que una casualidad. Mientras vivía, el Shisai Seku era la voz de Suyukai dentro del consejo. Pero después de su muerte, el Shisai Suyukai siempre presentaba sus descubrimientos y conclusiones al Consejo, dirigido por el Abbott Kitoe, quien estaba más consciente de la situación de lo que les permitía ver a los otros, especialmente al Shisai Suyukai. Él tomó la decisión de traer a los tres jóvenes al monasterio y hasta ahora sólo él sabía por qué.

Después de estos acontecimientos, las cosas se pusieron un tanto tensas en el monasterio. Estos cuatro nuevos Gakushu estaban de alguna manera siempre bajo la mira. La atención de los Shisai estaba dedicada a que aprendieran todo lo que pudieran en el menor tiempo posible. Por alguna razón se sentía como entrenamiento excesivo. No entendían por qué sucedía esto, pero aún así no flaqueaban.

Una tarde de invierno profundo, Iosuke se acercó a su maestro preguntándole por qué estaban siendo entrenados de tan intensa manera. Suyukai respondió:

"Hijo mío. Vuestro destino es más amplio de lo que podrían percibir hasta este momento. Hay mucho más de lo que se ve a simple vista, y todo esto que llamas entrenamiento es sólo una mera hebra en el pelaje del león. Ustedes cuatro deben estar listos y en algún momento del futuro su destino será descubierto. Sean pacientes y sus respuestas vendrán cuando sea el momento adecuado."

Por primera vez Iosuke estaba totalmente ciego a su entender. Pero esto no interrumpió su camino y nunca se interpuso con sus entrenamientos, después de todo, su objetivo era el dominio de la técnica y esto le servía de ayuda. Aún así él sólo esperó pacientemente las respuestas...

Esto duró cinco años.

Los cuatro jóvenes monjes ya no eran sólo los más brillantes entre los Gakushu, sino también los más fuertes entre los Bushi de Utopía y los más poderosos entre los monjes Shinobi, talvez sobrepasando a los Sohei de Cowra. Mezclando estilos y equilibrándolos como uno, los poderes que habían desarrollado habían pasado todas las expectativas que los Shisai tenían. Habían alcanzado una sabiduría tal que ellos eran los únicos Gakushu que, sin estar aún en entrenamiento para ser Shisai, se les permitía entrar en el Salón de los Shisai y podían andar con libertad en todo el primer piso de la Biblioteca de los Ancestros y estudiar los versículos Shinsei-Seishin a voluntad.

Esto creó un conflicto entre los otros monjes, ya que ni siquiera los que se estaban preparando para ser Shisai tenían los privilegios que ellos tenían. En un principio se dijo que debido a que Iosuke era el primer niño en criarse dentro del monasterio, y que Yruma era el biznieto del Abbott Kitoe, recibieron algún tipo de tratamiento especial, pero con los otros dos esta teoría era inútil. Sin embargo, sólo el Consejo sabía por qué tenía que ser así.

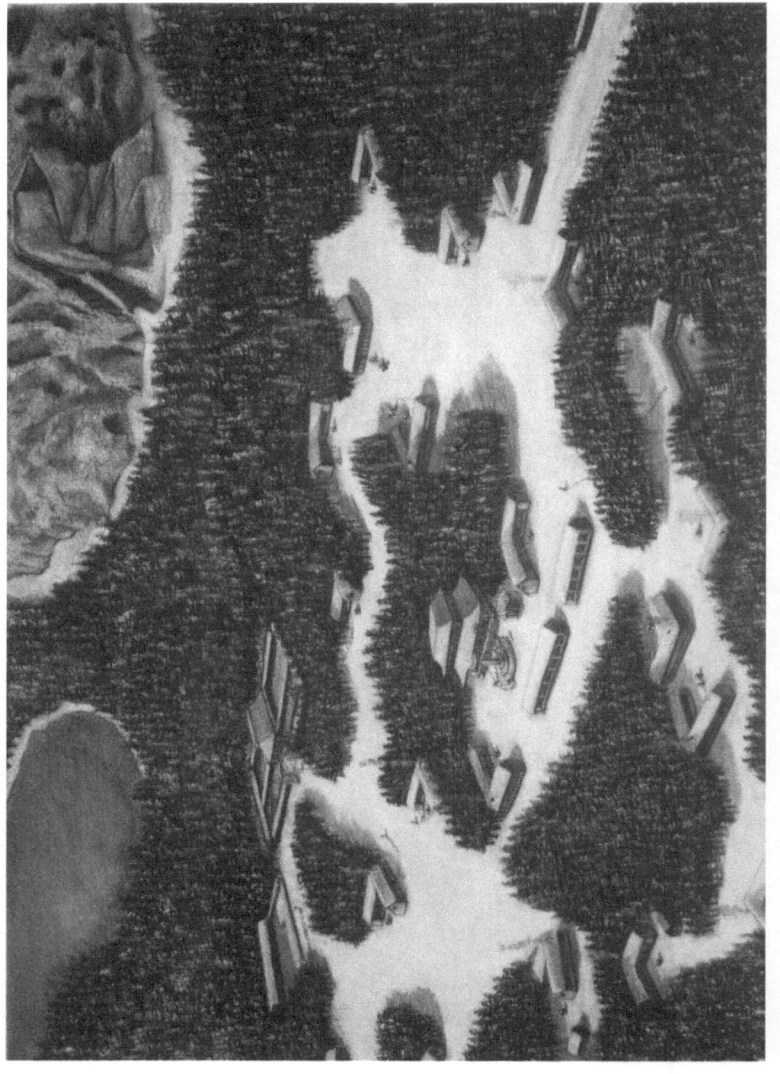

REVELANDO EL CAMINO

U topía era un concepto interesante. La esencia de la perfección inalcanzable. Cuando Utopía se fundó fue bajo este concepto tan abierto y profundo, tratando de utilizar la fuerza de atracción energética y tal vez acercarse un poco al cielo en la tierra. Algunos dirían que lo alcanzaron, otros que su hermética situación los limitaba a apreciar el contraste. Entre ellos estuvo siempre la curiosidad de lo que quedó fuera de las fronteras del denso bosque que les rodeaba, pero el destino forjado los tenía viviendo algo que adoraban lo suficiente como para tratar de no perjudicarlo.

Utopía era un pueblo pacífico, un lugar donde todos vivían en constante tranquilidad y armonía. Produciendo todo lo que necesitaban para vivir: tenían plantaciones y criaban distintos animales de granja, aparte de todos los árboles frutales que rodeaban la ciudad. Un pueblo muy espiritual, dirigido por las enseñanzas de los Shisai, con el templo de Utopía y el Fuego Sagrado justo en el centro de la ciudad, un lugar para la meditación y la alegría espiritual. Con fiestas de temporada, festivales populares, carnavales y otros, Utopía era como cualquier otro pueblo pequeño, con la salvedad de que sólo ellos y los monjes de Cowra sabían de su existencia. Pero esto no siempre fue así.

Quinientos años atrás, Utopía no era más que otro nuevo pequeño pueblo, parte de las nuevas colonias de Japón en Australia, pero durante la Guerra por el Mundo la mayor parte de lo que le rodeaba fue destruido.

Utopía, conocida por su descendencia Samurái y Shinobi, de la unión de los grandes clanes shinobi de Iga y Koga[1], quienes huyeron de Japón con la guerra en el horizonte, era el resultado de increíble sabiduría y habilidades combinadas. Después de ver cómo iba la guerra, los utopianos y los Sohei de Cowra, quie-

---

1 **Iga y Koga:** Clanes shinobi, famosos por su involucrada participación con espías y asesinos en la historia japonesa desde antes del 1100 hasta finales del 1800.

nes, sin saberlo, resultaron ser vecinos, hicieron un pacto de unidad y juntos decidieron guardar el pueblo con un caparazón mágico, similar al que cubre Cowra pero no tan poderoso, para salvarlo de las tendencias auto-destructivas del mundo. Los utopianos nunca supieron cómo terminó la guerra. Después de la guerra, Utopía se consideró destruida y borrada del mapa por el resto del mundo.

Esto les ayudó a mantener el pueblo en paz, custodiando con seguridad las facultades que sus habitantes poseían, así como el monasterio que les precedía, pero de alguna manera nada de esto fue accidental. La mayor parte de Utopía se construyó después de su aislamiento, incluyendo el Utopíaji. No había tiendas, bares, restaurantes o mercados, sino que juntos producían como una gran familia todo lo que necesitasen.

Vivían juntos en paz, gracias a la sabiduría ofrecida por los monjes, divididos en lo que llamaban Divisiones Familiares Utópicas. Cada familia era parte de una de las varias divisiones de tareas, tales como la recolección, la agricultura, crianza de animales de granja, la cría de caballos, la pesca, la forja, la elaboración del sake, sastrería, etcétera. Y por supuesto la familia más respetada, la familia del Dojo, la cual era sólo una.

Nadie en Shinden había puesto un pie fuera de sus límites, excepto por un monje explorador cada cincuenta años, un monje, enviado desde el Utopíaji por el Abbott de Cowra, a inspeccionar el mundo y decidir si era o no tiempo para resurgir nuevamente. Ninguno de estos monjes había regresado aún.

*   *   *

Las artes de la guerra eran enseñadas aun en Utopía, y todo hombre y mujer era entrenado en ellas desde su niñez, sin excepción. Cuando la ciudad fue aislada del mundo, los maestros Shinobi que quedaron con vida decidieron unirse a los monjes en busca de paz para su pueblo. Fue entonces cuando se decidió que sólo aquellos en el monasterio aprenderían las artes místicas, y así comprender igualmente la otra cara de la moneda a través del Zen-no-michi[1], equilibrando entonces estas artes de destrucción hacia artes de la creación y luz. Por lo tanto, para aprender los secretos Shinobi, uno tenía que ser elegido Gakushu. Todas las familias tenían un linaje Shinobi, pero ya no practicaban estas artes,

---

1 **Zen-no-michi:** Camino del Zen.

aun así, para no olvidarlas por completo, cada familia seguiría una tradición o tendría un oficio que los conectase con su linaje, como las artes acrobáticas para los Ashigaru.

Siempre fue un misterio cómo este pueblo se mantuvo en paz y armonía por tanto tiempo, lejos del mundo. Todos simplemente vivían al máximo con alegría y placer, en comunidad, trabajando juntos. Ese invierno no parecía ser una excepción...

Un hermoso vestido natural de nieve cubría todo. Iosuke y sus amigos estaban en el dojo para observar la última práctica de Kenjutsu de la semana con Yamiko Soke. Habían planeado aventurarse en el Bosque de Shinden para una práctica divertida antes de regresar a Cowra. Incluso cuando la temperatura era baja y fría, ellos sentían un cierto fervor adentro. El invierno traía consigo un punto de vista hermoso y buenos recuerdos de tiempos pasados.

Estaban a punto de cerrar el dojo cuando algo peculiar sucedió... alguien estaba caminando hacia Utopía. Todos sintieron su presencia en el aire, llenándolo de ansiedad e intriga. Yamiko Soke caminó desde fuera del dojo hasta la entrada de Utopía con sus estudiantes, mientras la figura de un hombre se acercaba a las puertas abiertas de la ciudad. Aun cuando todavía estaba a distancia, el rumor se había extendido por todo el pueblo y todos estaban agitados. Pensamientos de invasión comenzaron a inundar el aire y de repente un grupo de Sohei de Cowra apareció delante de las puertas en formación de defensa.

Cuando el hombre estaba lo suficientemente cerca para darse cuenta del drama que había causado, desde lejos exigió hablar con el Abbott Kitoe y calmadamente se sentó en la nieve. El Abbott Kitoe apareció de repente, como un golpe de niebla en la nieve, delante de las puertas y calmado caminó hacia el hombre, quien se puso de pie en alegría, perturbando a los otros monjes que rápido dieron signo de conciencia. Kitoe los tranquilizó con un gesto, y el hombre le saludó como un viejo y muy añorado amigo. Luego caminaron juntos hacia el pueblo, directamente al Utopíaji. Allí, el Abbott invitó al pueblo entero, a todos los Gakushu y Shisai a unirse a él en regocijo, pues un hijo de Cowra había regresado.

El último monje que salió del pueblo, treinta y cinco años atrás, como monje explorador para observar el nuevo mundo, fue el Shisai Makoto Kenji. Después de una breve ceremonia, sostenida en el Gran Salón del Utopíaji, los monjes y los Shisai regresaron a Cowra donde el Shisai Kenji les habló de su viaje, sus aventuras y las cosas que había aprendido. Una inmensa cantidad de historias sobre cómo el mundo era entonces, qué había cambiado. Habló de guerras, hambre, peste, muerte y odio sin fin... sin embargo, estaba demasiado cansado y había demasiado de qué hablar.

Al día siguiente, todos dentro del monasterio estaban comentando el evento. Era una situación nunca antes vista, y sin duda algo inquietante... La única razón por la que un monje explorador debería de regresar al monasterio era cuando los problemas y los desastres en la tierra llegaran a su fin, una manera de hacerles saber que la paz era constante y consistente. Sin embargo, este monje había vuelto a traer la noticia de un infierno en tierra... ¿Por qué volvió entonces?

Iosuke y sus amigos no estaban exentos de esta disfunción emocional general. Discutían la situación con sus maestros, pero los Shisai mismos estaban bastante confundidos y sólo podían pensar en lo peor.

Ese mediodía, todos los Gakushu y los Shisai se reunieron frente al Gran Salón de la Sabiduría, donde el Shisai Kenji discutía el motivo de su regreso con el Abbott y el resto del Consejo. Todo el mundo esperó afuera durante horas hasta que, como si alineados con las estrellas, se abrieron las puertas.

El Shisai Kenji, el Abbott Kitoe y el resto del consejo salieron del salón, encontrándose con esta congregación. En ese momento, la atención de toda alma fuera de esta sala fue colocada sobre el Abbott Kitoe, quien, con dolor, dijo:

"Shisai, Gakushu, camaradas, amigos... ha llegado el momento de encarar nuestro destino. El Shisai Kenji ha vuelto, contra viento y marea, para informarnos de una situación que nos concierne a todos. Por esta razón, me veo obligado a revelaros un secreto que ha sido transmitido de generación en generación a cada Abbott de este monasterio.

Todos ustedes deben de saber que el Monasterio de Cowra no es el único en su género. De hecho, es uno de los doce monasterios conocidos como Los Templos Estelares, que disponen de un poder más allá de nuestra imaginación. Cada uno guiado por una constelación, siendo Tenbin-

za[1] la nuestra, las estrellas de Libra. Estos templos son los que guardan los elementos que permiten la vida en esta tierra, elementos que fueron escondidos por los dioses siglos atrás.

Al parecer, uno de estos monasterios ha sido corrompido, y esta desgracia es ahora nuestra maldición. Ellos han creado un ejército de guerreros Shinobi y han comenzado una guerra que ha durado cinco años hasta ahora, contra todos los que se opongan a sus planes, y están tratando de reunir y utilizar los poderes que hemos protegido, a fin de crear un mundo donde sólo ellos prevalezcan.

Ellos desean apoderarse de los doce monasterios y el poder guardado en cada uno, para conquistar un mundo del que hemos decidido alienarnos... pareciera como si nuestro antiguo demonio volviera para cazarnos...

Dos templos ya han caído: Virgo y Aries. Según el Shisai Kenji, la existencia de nuestro templo es todavía un misterio para ellos, pero ellos creen que el gran poder que una vez guardábamos se mantiene aún aquí. Ellos tratarán de encontrarnos y estaremos aquí esperando para detenerlos. Pero no todos esperarán.

---

1 **Tenbin-za**: Constelación de Libra.

Cuatro de nosotros van a salir al mundo junto a Kenji-dono, a buscar los otros monasterios que aún no han sido atacados, con la esperanza de encontrar una manera de parar esta guerra antes de que llegue al punto de no retorno. Estos son los descendientes de los cuatro Custodios vinculados a este templo. Ellos tendrán la tarea vital para restaurar la paz que este mundo merece.

Estos cuatro guerreros, según lo descrito por las Actas de la Unión son: Shachi Yruma, Hakuryuu Chewkashi, Ashigaru Yóshiro y Ookami Iosuke. Ellos comenzarán una capacitación de tres partes para su viaje desde ya. Su salida será el próximo otoño cuando las estrellas Tenbin-za se alineen de nuevo.

Que nuestro Señor Seika-Seijin nos proteja a todos."

Era el momento de revelar todos los secretos.

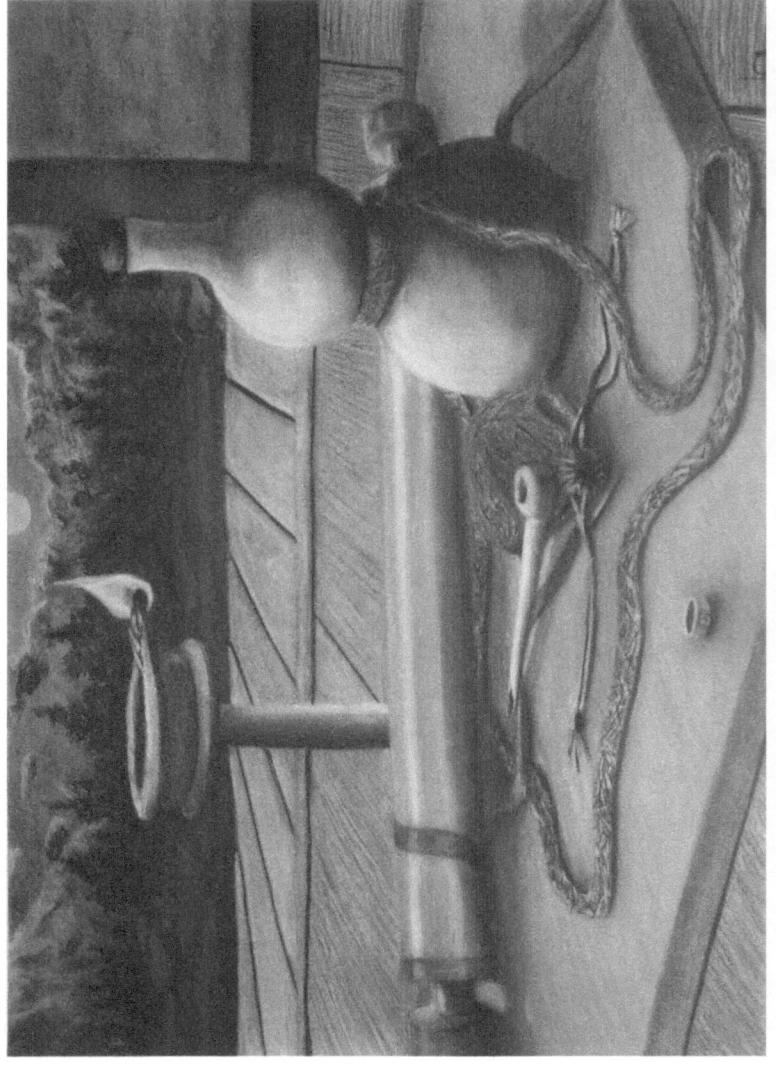

TRES TESOROS

Mientras caminaban dentro del salón, los cuatro jóvenes cuestionaron a sus maestros sobre lo que estaba sucediendo. Nadie podía entender por qué, entre todos los otros sabios y capacitados monjes en el monasterio, fueron ellos elegidos para representar a su pueblo en un mundo desconocido para ellos. La respuesta fue el silencio. Aún a sabiendas de que eran especiales y que habían dominado sus habilidades, esto era demasiado para su comprensión.

Una vez dentro, el Abbott les pidió que le siguieran. El Shisai Suyukai y el Abbott eran los únicos vivos que sabían de la existencia del sótano tercero, hasta ese día. Una vez abierta la puerta secreta, recorridos los calabozos y ya en el interior de la habitación donde estaba el libro sin título, todos se pararon en formación alrededor del libro, y el Abbott Kitoe entonces empezó a buscar pasajes diferentes en él; extractos que explicarían estos eventos.

Uno de los pasajes al que Suyukai no había llegado todavía hablaba de la Gran Guerra, mucho antes de la Guerra por el Mundo. Antes de ella, el mundo era un lugar de energías equilibradas, oscuridad y luz, Yang[1] y Yin[2], que sostenían la armonía entre el bien y el mal, uno en el sur y el otro en el polo norte del planeta. Cien diferentes razas Shinobi caminaban el globo en aquel entonces, viviendo juntos en paz, rodeados por una inmensidad de flora y fauna.

Un ejército Shinobi, las Sombras de las Montañas, de la raza de los Gigantes, protectores de las fronteras en el polo norte, sucumbieron a la corrupción y se levantaron para conquistar. Leones Flameados, Caballeros Lobo, Tengu, Guerreros de Mar, Moldeadores de la Tierra, Guardianes del Cielo, Maestros Ent, Respira Fuegos, entre otros tantos guerreros shinobi, unieron fuerzas contra este mal.

---

1 **Yang**: Lugar sombreado.

2 **Yin**: Lugar soleado.

Los dioses, al ver su creación en el borde de la destrucción, tuvieron que involucrarse, enviando al plano físico a sus ejércitos celestiales para detener la locura. Estas criaturas ayudaron a erradicar el efecto a las Sombras de las Montañas, condenando sus almas al abismo para nunca regresar al reino físico de nuevo. Fue una larga y terrible guerra, que devastó un gran lote de terreno en el mundo.

Una vez terminada la guerra, los dioses dieron origen a una nueva raza en busca de mantener el equilibrio: los seres humanos. Al principio los humanos estaban tan asustados por las otras razas, que los dioses decidieron esconder a los shinobi entre ellos. Estos shinobi estaban destinados a ser los Custodios de las Fuentes de Vida, divididas en doce artículos y resguardados en los doce Templos Estelares. Con el tiempo los Custodios y otros shinobi se involucraron con los seres humanos, así como con algunos del ejército celestial, asegurando un legado de guerreros excepcionales. Esto dio origen a los primeros shinobi nacidos humanos.

Esto explicaba por qué sólo los Shinobi y sus descendientes vigilaban los templos. Resultaba interesante que los secretos Shinobi les

fueron revelados a los seres humanos únicamente después de que estos mostraron suficiente
potencial. Sin embargo, sólo un verdadero Shinobi y/o sus herederos directos eran capaces
de usar tales poderes al máximo. Se pueden
identificar por una marca de nacimiento ca-
racterística de su clan, debajo de la línea del
cabello en la parte posterior del cuello.

Los cuatro jóvenes eran descendientes
directos de diferentes razas y una mezcla entre
Celestiales y humanos: Chewy era mitad Dragón Blanco – mitad Gigante Solar, Yruma mitad
Patrono Marino – mitad Humano, Yóshiro mitad
Halcón Tengu – mitad Humano, e Iosuke mitad
Lobo Gigante – mitad Ángel Lunar. Ellos eran
los descendientes directos de los cuatro Grande Generales, Hakuryuu Jin, Señor de los Dra-
gones; Shachi Otaru, Señor de los Mares; Ashigaru -el Sabio- Senso, Señor de los Tengu y
Ookami Rogan, Señor del Bosque.

Estos fueron los primeros señores Shinobi
en pactar con los dioses para proteger los
Templos Estelares y eran los Custodios originales de Cowra. La leyenda decía que nunca
murieron, sino que hicieron un ritual para apar-
tarse del mundo físico, dejando sus almas
ocultas, durmiendo dentro de sus descendien-

tes, esperando el momento en que Cowra o los elementos estuvieran en peligro real. Lo que implicaba que existía la remota posibilidad de que los 4 jóvenes podrían convertirse en sus antepasados.

Todos en esta sala, excluyendo al Abbott Kitoe, estaban atónitos frente a estos hechos, y sin duda necesitarían un tiempo antes de poder digerir esta nueva realidad, pero el tiempo no estaba de su lado. El Abbott Kitoe prometió darles las Actas de la Unión el día de su partida. Este manuscrito contiene la ubicación, el artículo y el poder que se guarda en cada templo, y en cada uno hay una copia de las actas. Sin embargo, se supone que se encuentran ocultas donde sólo el elegido por los dioses, el Abbott de cada monasterio, sabía de su existencia. Sin embargo, en esos tiempos de peligro, todas las normas y leyes celestes tenían que ser rotas. El objetivo principal era evitar que la leyenda del recordatorio de los dioses dejase de ser leyenda.

El Abbott Kitoe sabía, desde la llegada de Iosuke, que algo parecido a esto pronto sucedería, siendo esta la razón por la qué le permitió al Shisai Seku enviar a Suyukai al sótano tercero, ver a plenitud en los secretos de Cowra y traerlos lentamente a la luz. Él hizo posible que Yruma, Chewkashi y Yóshiro se convirtieran en Gakushu, todo esto en preparación para el cuidado de la Piedra de la Vida, el Shinseikawa y los jardines de Cowra. Lo que no esperaba era que esto llegase tan rápido. Pensaba que no sería capaz de ver estos eventos estando vivo ya que él se encontraba cerca de su sueño eterno. Los dioses pronto elegirían a un nuevo Abbott y él lo sabía...

*   *   *

Los meses a seguir fueron difíciles. Los cuatro guerreros tuvieron que pasar la mayor parte de su tiempo en una formación exclusiva y exhaustiva con sus maestros, y cada noche entrenarían, luchando entre sí, por todo Shinden. Sus mentes estaban enfocadas, por primera vez, en la batalla y la diplomacia. Su formación se basaría en los Caminos del Ser, los Secretos Shinobi y el Bushido.

Al final del primer paso, recibieron un libro que les ayudaría de muchas maneras: El Go Rin no Sho[1], el Libro de los Cinco Anillos. Era un libro que contenía los principios del Kenjutsu, explicando cómo la espada, más

---

[1] **Go Rin no Sho**: "El Libro de los Cinco Anillos", trabajo sobre los principios de los 5 espíritus y su relación con el camino del guerrero. También "Gorinso".

que un arma, es una extensión del cuerpo; una espada no es una herramienta de destrucción, sino de paz. La Espada del Samurái no era el Alma del Samurái, el Alma del Samurái era la Espada del Samurái.

Con este libro vinieron cinco anillos, uno para cada uno de los guerreros y uno para ser guardado en su monasterio. Cada anillo tenía grabado el emblema de su linaje de sangre, el kamón de su clan. El quinto anillo llevaba el símbolo del monasterio al que protegían.

Para la segunda parte de su formación, los guerreros no se reunirían. En su lugar, deberían de pasar su tiempo con su respectivo maestro, día tras día en profunda meditación, aprendiendo acerca de los viajes mentales y otros secretos del Zen. Descubrirían la real utilidad del Shinseikawa. Sucede que había una especie de hierba extraña que sólo crecía a orillas del Shinseikawa. Ésta se conocía como Manako-no-Makoto[1].

El tercer ojo, o el ojo de la percepción, se abría a través de largas horas de una mente concentrada en Zazen. Sin embargo, esta hierba en particular, cuando quemada e inhalada, abría el tercer ojo en cuestión de segundos,

---

1 **Manako-no-Makoto**: "Ojo de la Verdad".

dejándolo abierto por horas, mientras se estaba consciente, mostrando al usuario más de lo que se veía a simple vista, y un mundo más allá de la imaginación cuando se usaba directamente para el Zazen. Al final de este paso, recibieron dos artículos que llevarían consigo siempre: una bolsa de cuero que contenía una porción inagotable de Manako-no-Makoto, y una Kiseru[1], una pipa de madera de mango largo para fumarla. Ambos elementos como uno se conocen como 'la Llave del Tercer Ojo'.

La última parte de este entrenamiento era la más larga y difícil. Se les dio por primera vez una mezcla especial de Sake, exclusivo de Utopía, sólo para los verdaderos shinobi. Este elixir exclusivo fue un regalo para la especie del Ejército Celestial y aumentaría el poder de un shinobi, elevando su fuerza y su resistencia hasta los cielos. Sólo que tenía un efecto secundario para aquellos que no superasen dicho reto; un estado de embriaguez que se mantendría durante meses dejando al cuerpo en automático y una mente completamente irracional, comparable a la locura, permitiendo a la bestia en su interior tomar el control. Llamaban a esta bebida 'el Elixir de la Fuerza'.

---

1 **Kiseru**: Pipa larga de madera.

Era el más importante, sin embargo, el más peligroso tesoro que recibirían. Su poder, podría volverles invencibles o inútiles y patéticos, llevándolos a una muerte inminente. Tenían que dominarlo antes de partir o todo estaría perdido...

*   *   *

El Abbott Kitoe convocó esa semana a todos en el monasterio al Santuario Sagrado donde, con muy poca fuerza, dijo:

"Mis queridos amigos, ha llegado la hora de unirme a nuestros ancestros. Hoy, los dioses elegirán un nuevo Abbott para este monasterio. El mismo Señor Seika-Seijin me lo ha dicho en sueños.

Cuando la luna se eleve por encima de este santuario, brillará sobre uno de ustedes, y éste será el elegido. En estos tiempos de angustia, aquel elegido como el nuevo Abbott tomará el cargo y nos guiará a la victoria.

Esperemos en meditación y recibamos felizmente el deseo de los dioses.

Que esta sea nuestra oración."

Minutos después de dichas palabras, todos se sentaron alrededor del santuario en meditación, esperando el momento de la verdad. Gakushu y Shisai, juntos se unieron en un

Zazen único. La energía fluía tan fuerte que se podía ver el resplandor del aura en cada persona sentada en la grama, como si fuese una sola gran fuente de luz. Fue un momento sublime. Durante horas, se sentaron y compartieron la energía, hasta que un súbito rayo de luz los perturbó. La luna estaba en su lugar y había elegido un nuevo Abbott: el Shisai Suyukai.

"Los dioses han hablado."

Dijo el Abbott Kitoe llamando ante sí al nuevo Abbott, y con su último aliento le otorgó a Suyukai la Kesa del Abbott y las Actas de la Unión para sucumbir de inmediato en su silla y morir en paz. Su espíritu resplandeció y se elevó a los cielos, alcanzando su estrella para brillar por siempre.

El Shisai Suyukai, ahora Abbott de Cowra, tenía que preparar al pueblo de Utopía y a los monjes de Cowra para la futura batalla. Su primera acción como Abbott fue quitar el impedimento de los utopianos de aprender los secretos Shinobi, abriendo las puertas de Cowra y preparándose para lo peor.

Los utopianos estaban conscientes de la guerra y habían empezado a prepararse lo mejor que podían, pero cuando les llegó la noticia de la apertura de la Escuela Shinobi de Cowra, obligatoria para los ciudadanos de Utopía, fue que advirtieron la intensidad real de esta calamidad.

UN VOTO ETERNO

l final del verano estaba cerca, y con
él, un aire intenso y amargo se espar-
cía. El último paso del entrenamiento,
el dominio del elixir, se convirtió en una tarea
casi imposible. Los cuatro guerreros pasaban
sus días tratando de superar esta técnica, pero
cuanto más lo intentaban, la bestia que se
escondía dentro de ellos intentaría superarlos.
Un baño en las aguas del Shinseikawa era el
único método para calmar este estado, pero
cada vez que llegaban a ese punto, tanta fuerza
y energía era desperdiciada que sólo horas
de descanso le seguirían. Tras varios intentos
y horas muertas de entrenamiento, finalmente
creyeron entender y se reunieron con el nuevo
Abbott en busca de orientación. Sentados entre
los pinos de Cowra, compartiendo Manako-no-

Makoto, luego de hablar sobre lo que habían descubierto, Suyukai dijo:

"El balance es uno, si no el más importante de los pilares de una vida pacífica. Seguimos un camino balanceado, vivimos en un mundo naturalmente gobernado por el balance e incluso las estrellas que representan a nuestro monasterio son la fuente misma del equilibrio. Sin embargo, aprender esto no es suficiente. Ver, entender y ser uno con el mundo les dará balance y les permitirá, mis jóvenes, convertirse en los más poderosos. Tener un equilibrio con el mundo es saber controlarse a sí mismo tal y como a sus alrededores a voluntad. Encuentren el balance, no sólo en sus habilidades, sino también en su forma de vida.

El mundo que están a punto de encarar está lleno de ideales y formas de vida muy distantes a las nuestras, pero eso no quiere decir que sean erróneas, ya que sólo uno mismo puede ver su camino. Sin embargo, tengan cuidado de no ser muy profundamente manchados con la corrupción que llena la tierra; aprendan de ella y utilícenla a su favor, pero si permiten que les controle, el fracaso estará esperando y la desgracia caerá sobre ustedes.

Recuerden, ustedes no son la justicia, pero aún así tienen el deber de preservar una libre voluntad que apunte a un mundo justo."

Dicho esto, Suyukai les pidió a los cuatro guerreros que le siguieran hasta el Santuario Sagrado donde los Shisai Kukai, Makyo y Shinta esperaban con cuatro botellas peculiares de higüero, cada una con un relleno sin fin del Elixir de la Fuerza. Habían pasado la última de las tres tareas.

Después de esto, los cuatro guerreros se dirigieron a sus habitaciones. El Abbott Suyukai interceptó a Iosuke para charlar. Mientras caminaban, Suyukai le dijo lo orgulloso y confiado que estaba y le dio su bendición. Confesó que sabía que su destino era convertirse en uno de los cuatro Custodios, pero no tenía idea de que las cosas terminarían así. Suyukai tenía fe en que Iosuke y sus amigos eran más que capaces de completar esta tarea. A esto el jovencito respondió, con alegría, que él era el orgulloso al ver lo lejos que había llegado su padre; pero luego mostró vacilación sobre la tarea. Mencionó que no se sentía preparado para esto. Suyukai se sentó en una roca y dijo...

"¿Puedes ver ese nido de aves? Tiene tres pajaritos, cada uno tratando de aprender a volar. Uno cayó ayer en el primer intento y se rompió una pata y puede que no viva mucho tiempo, pero ahora vuelve a intentarlo, ¿Sabes por qué? Persistencia quizá, terquedad tal vez, podría ser instinto animal, pero ciertamente la fe y la esperanza de que algún día será una poderosa águila al igual que sus antepasados.

'Kibou wa saidai no takara, Shinnen wa saidai no takara' (La esperanza es nuestro mayor tesoro, la fe es nuestro mayor tesoro). Ten fe en ti mismo y la esperanza se mostrará ante ti."

Durante este paseo, Suyukai le reveló a Iosuke todo lo que había descubierto acerca de él y de qué se trataba la leyenda. A estas alturas del juego se trataba de llenar los espacios en blanco, pero para Iosuke era la última verdad de su destino. Con un gesto filial se despidieron y tomaron caminos separados...

*   *   *

El siguiente día era muy importante. Se celebraría una ceremonia en el Utopíaji para los cuatro guerreros y Shisai Kenji. Hasta el momento, Kenji no había participado en el entrenamiento de los guerreros, pero ese día eso iba a cambiar. Se trataba de una ceremonia en la que todo el pueblo y los monjes estarían presentes. Era el día en que harían el Voto Eterno. Un voto jurando seguir un camino recto y leal para con los elementos que dan vida en la tierra y los dioses que los crearon. Este voto era un pergamino sellado con una bendición, firmado con su sangre y quemado en el Fuego Sagrado. A pesar de que era especialmente para los cinco que dejaban la ciudad, todos tenían que hacer el voto ya que las posibilidades de una guerra eran grandes y todos debían que hacer las paces con los dioses. La ceremonia duró toda la mañana, y el resto de la semana se llevó a cabo el Festival del Fuego Sagrado. Estos eran los últimos días del verano.

Mientras el pueblo se regocijaba, los cuatro guerreros y el Shisai Kenji entraron en el Bosque Shinden para su último entrenamiento. Por sugerencia del Abbott, deberían de meditar durante varias horas para entrar en el Gokuraku[1] y reunirse en el reino astral, con la esperanza de una audiencia con el Señor Seika-Seijin mismo. Esta tarea iba más allá de las técnicas de Zazen con las que estaban familiarizados. Era una manera de conectar los

---

1 **Gokuraku**: Paraíso.

tres ejes principales del ser, corazón, mente y alma, con el reino de los dioses.

Esto era adiestramiento para los cinco ya que ni siquiera Kenji había llegado tan lejos. Sería la manera de aprender, no sólo el viaje mental, ya dominado por ellos, sino también el viaje astral del alma, para ayudarles a buscar consejo o incluso a conectarse entre sí en caso de una separación. Si realmente lograban entrar y encontrarse dentro del Gokuraku, esto implicaría que los dioses estaban conscientes, les permitieron entrar y esperaban por su llegada. Esta sería la primera vez que se pondrían en contacto directo con el Señor Seika-Seijin en busca de orientación, y sería sólo por un muy corto tiempo, pero eso era definitivamente mejor que nada.

Kenji opinó que deberían de ir al lugar más espiritual del bosque, los cuatro sugirieron lo mismo, el Shizen Shinyuu Jinja. Cuando llegaron allí, la cara de Kenji mostró sorpresa, con un cambio repentino a alegría. Todos se sentaron y después de horas de meditación, los cinco se encontraron en el reino celestial, el Gokuraku. Este lugar iba mucho más allá de la imaginación. El inmensamente majestuoso mundo al que habían llegado reunía animales celestiales que rondaban en paz. Bestias, plantas... todo era asombroso. A lo lejos en su camino, se veía una enorme montaña. De algún modo ellos la reconocieron y el Shisai Kenji dijo que era el Monte Fuji[1]. No podía creer lo que veía y pensaba que estaba siendo engañado, pero a medida que se acercaban, más se convencía. En lo alto de la montaña había un santuario que brillaba a lo lejos como un faro. Allí era donde el Señor Seika-Seijin estaría esperado por ellos. El paso de montaña parecía interminable y sentían que habían pasado meses en este reino.

Cuando llegaron a la puerta principal del santuario, ésta se abrió llena de dicha, sonidos celestiales le sucedieron y una luz roja cegadora adormeció sus sentidos por un segundo. En el interior no había paredes... sólo cuatro columnas que sostenían el techo. La inmensidad de este mundo se podía apreciar a la perfección desde allá arriba. En el centro del santuario, un hombre calvo, flaco, de barba muy larga y unos lentes bastante extraños estaba sentado en meditación. Se acercaron, inclinándose como señal de respeto. Este levantó la cabeza y dijo:

---

1 **El Monte Fuji:** La montaña mas alta de Japón con 3,776mt (12,388 pies).

"Una vez más el balance está en juego, pero esta vez es su deber restaurarlo. Ustedes conocerán diferentes caras del pasado que les ayudarán y les guiarán en su misión. Si siguen las enseñanzas que han recibido entonces su camino será claro. El mundo que están a punto de encarar está lleno de suciedad y deshonestidad...

Generales, tengan mucho cuidado con sus elecciones y guíen sabiamente a su pueblo. Este es el único regalo que le puedo ofrecer.

He recibido sus votos y les doy mi bendición."

Entonces la misma luz roja llenó el santuario como el fuego y sus almas fueron devueltas a sus cuerpos, despertando al instante, cada uno con el mismo objeto en su regazo: unos lentes oscuros. Entonces una voz abrumó el bosque:

"Estos les permitirán ver más allá de la corrupción y les mostrarán la verdad del ser. Sólo cuando la pureza sea real el mundo no dañará sus almas."

Mientras recuperaban fuerzas discutieron el encuentro, señalando una cosa en particular, el Señor Seika-Seijin les llamó "Generales", pero no sabían si se refería a sus antepasados, o si habían adquirido el título celestialmente. Sin embargo, esta experiencia fue demasiado importante. Dijo el Shisai Kenji:

"El Señor Seika-Seijin mismo nos ha bendecido. El viaje que nos espera es largo y tenemos que estar preparados. Descansemos por estas últimas semanas y nos veremos de nuevo el día de partida en el Santuario Sagrado, temprano en la mañana. Prepárense como consideren prudente y que los dioses nos guíen."

Los cinco supieron inmediatamente que éste era su destino, llenándolos de confianza en todos los aspectos. Tomaron los anteojos y se dirigieron al monasterio, donde descansaron y prepararon todo para su partida en un par semanas.

EL CAMINO ONDULATORIO

La mañana llegó con llovizna. Un clima ligeramente frío mimaba el monasterio. La llegada del otoño era clara y el día de partida estaba cerca. Iosuke pasaba la mayor parte del tiempo que le quedaba alejado de los demás. Caminaba sin rumbo por el bosque con una pequeña libreta que había hecho, escribiendo breves poemas Haiku[1] y conectándose con los espíritus del bosque como una forma de auto-prepararse a través de climas calmos.

Yruma entrenaba más duro que antes en sus últimas semanas, no sólo Kenjutsu, sino todos los estilos, incluso los secundarios. Todo esto porque ya que estaba destinado a ser Soke del dojo en el futuro, debía aprender todas

---

1 **Haiku:** Estilo de poesía japonesa, consistente de 3 líneas y 17 silabas, 5-7-5.

las técnicas y estilos, de manera que cuando regrese las habría perfeccionado y recibiría el Menkyo Kaiden[1], siendo entonces digno de ser Soke...

En la familia Ashigaru las cosas estaban alegres, dado que Yóshiro le había pedido a Hotarubi la mano en matrimonio. Él tenía veinte años y ella veintidós. Cuando se enteró de que se tendría que ir, sabía que tenía que pedirle que sea su esposa para estar seguro de que ella estaría esperando por su regreso. El día de la boda, todo el pueblo fue invitado; Iosuke, Yruma y Chewy estaban justo al lado de Yóshiro en su día de gloria. Fue un día hermoso...

Chewy había aprendido todo lo que su padre tenía para enseñar. El día en que se anunció que Chewkashi era la reencarnación de Hakuryuu Jin, su padre le dio el último secreto familiar, un antiguo pergamino que había sido pasado por generaciones. En él, las técnicas para forjar una increíble espada, un tesoro familiar. El rollo mostraba cómo hacer la espada dragón llamada 'Hakuryuu', diseñada por Hakuryuu Ryakujin, el primer Dragón Blanco. A partir de ese día, Chewy comenzó

---

1 **Menkyo Kaiden**: Licencia de transmisión total.

a forjarla. Afirmó que era su destino y no dejó de trabajar hasta haber terminado; una obra maestra.

*   *   *

La noche antes de partir, los cuatro se reunieron en el Shizen Shinyuu Jinja por una última vez. No habían planeado este encuentro, pero simplemente sucedió. Cuando Iosuke, el primero en llegar, vio a Yóshiro saltando de árbol en árbol, se sorprendió un poco, pero cuando Yruma salió del lago y Chewy del bosque, entendió. Se sentaron en un círculo alrededor del árbol en crecimiento y hablaron del pasado, el presente y el futuro. Las cosas habían cambiado y ellos habían madurado. Ellos entendían que este podría ser un viaje del que no volverían, pero era obvio que este era el verdadero camino a recorrer.

La mañana siguiente les despertó con lluvia, el cielo estaba nublado y el clima bastante frío. El grupo de cinco había despertado temprano, bien descansados, con los bultos hechos y listos para el largo viaje. El punto de encuentro era el Santuario Sagrado, donde todo el monasterio esperaba para desearles propiamente un buen viaje. Una breve ceremonia se llevó a cabo, algo humilde, pero digna. Suyukai, en su rol de Abbott, habló en nombre de Cowra con estas palabras:

"Este día será recordado hasta el fin de los tiempos. Versos y canciones serán escritas e integradas a los versos Shinsei-Seishin y se cantarán para siempre, en memoria de ustedes cinco. Hoy vamos a dar prueba al mundo de que aún estamos aquí y que nunca más quitaremos la mirada a los problemas que le acechan, ya que también nos afectan a todos.

Hoy se van, pero una parte de su espíritu se queda con nosotros. Se van y se llevan una parte de nuestras almas también, junto con nuestras esperanzas y sueños. Les deseamos un bueno y pasivo viaje, y evocamos su retorno seguro.

Que el Señor Seika-Seijin esté con ustedes."

El Abbott se acercó al Shisai Kenji y con una señal de respeto y una bendición le dio el quinto anillo con el emblema de Cowra y las Actas de la Unión, convirtiéndolo en la máxima autoridad en el nombre de Cowra en el mundo exterior, un honor exclusivo para él.

Con todo esto dicho y hecho, un comité de despedida, encabezado por Suyukai, los acompañó hasta las puertas de Utopía donde les esperaba el pueblo. Familiares y amigos con deseos de buenaventura sonreían y ofrecían comida para el viaje. Desgraciadamente, la mayoría de estos alimentos tuvieron que ser rechazados. Ellos debían viajar ligero y rápido, así que el equipaje era mínimo.

Una vez en frente del dojo, Kitoe Yamiko Soke esperaba junto a los ocho maestros y todos los estudiantes para ofrecer sus respetos a los guerreros elegidos. Una breve parada tuvo lugar. Yamiko Soke estaba consciente de la espada en la que Chewy estaba trabajando y le pidió a Hakuryuu Chewzen, padre del joven, que hiciera tres pares extras de Daisho[1] exclusivos. Cuatro juegos, contando las espadas del joven Chewkashi, cada uno con el emblema de su clan hermosamente tallados en la saya[2], hechos para cada guerrero. Forjadas con metales sagrados, cada Katana[3] y Wakizashi[4] llevaba en sí una habilidad única que sólo se activaría con su verdadero dueño, inútil para cualquier otra persona.

Ésta sería la última vez, por mucho tiempo, que verían la ciudad y las personas con las que crecieron, sus familias y amigos. Hubo

---

1 **Daisho:** Pareja de espadas formada por el Katana y el Wakizashi, usados por los samurái.

2 **Saya:** Enfundadura de madera para la espada, hecha tradicionalmente en madera lacada.

3 **Katana:** Espada larga tradicional del samurái.

4 **Wakizashi:** Espada corta tradicional del samurái llevada junto a la Katana.

lágrimas, abrazos y palabras de cariño, y después de las despedidas, el grupo de cinco se dirigió hacia la salida.

Mientras se alejaban, su emoción crecía, y poco a poco se perdieron en la distancia...

VISTAZO

K eich¶ 5, día 15 del mes noveno (octubre del año 1600), una batalla decisiva entre los clanes Tokugawa (liderado por Tokugawa Ieyasu) y Toyotomi (comandado por Ishida Mitsunari), conocida como la Divisora de los Reinos, la Batalla de Sekigahara. Esta batalla fue ganada por el clan Tokugawa y les ayudó a obtener el shogunato en los años venideros. Tokugawa Ieyasu le reveló a su hijo Hidetada el secreto de su victoria en la campaña de Sekigahara, en su lecho de muerte, 16 años después.

Durante la Batalla de Obawara, uno de sus ninja[1] encontró, oculto dentro del bosque encantado de Aokigahara, un santuario con una entrada secreta a un monasterio subte-

---

1 **Ninja**: Humanos entrenados en las artes shinobi.

rráneo, justo debajo del monte Fuji. En pocos días, 50.000 hombres bajo el mando de Ieyasu asaltaron secretamente el templo de Leo. Él se adueño del poder que allí se guardaba y esto llevo al rotundo éxito en la gran batalla de Sekigahara, batalla que él mismo había incitado. Pero el poder le sobrecogió y deshonró su alma. Él sintió y creyó que sus ninja, el clan Iga, cuyo mediador era Hattori Hanzo, le traicionarían.

El clan Iga tenía un gran enemigo, los Koga. Entre ellos había un pacto de paz que fue removido por Ieyasu como una táctica de distracción, para que se masacrasen. Los más fuertes de cada pueblo lucharon hasta la muerte, cumpliendo así con el capricho de Ieyasu, pero también llenándolo con un peso inmenso. Ésto también condujo a la muerte de Hattori Hanzo en 1615 por igual sospecha de traición, todo gracias al alma corrupta de Ieyasu.

Esto fue lo que Ieyasu confesó a su hijo, con la esperanza de que Hidetada viera el camino correcto y enmendara el daño que su padre creó. Sin embargo, Hidetada hizo todo lo contrario de lo que su padre trató de detener. El cegado nuevo líder de la nación vio la oportunidad de tener el poder que quisiera y más. La energía que fue drenada del templo de Leo le ayudó a mantener la conquista de Japón, y luego conquistar China continental, Corea y Australia. Para entonces, en el año 1630, el resto del mundo estaba bastante alarmado y espías de diferentes países entraron en Japón. Poco después se descubrieron otros monasterios similares, y otras naciones comenzaron su búsqueda por la dominación mundial. Tokugawa Hidetada murió en 1632 y fue sucedido por su hijo, Iemitsu, que no era más que una marioneta del General Comandante del Ejército Japones, su hermano Tadanaga.

*   *   *

Aquellos que sobrevivieron de las familias Shinobi de Iga y Koga hicieron las paces y decidieron salir de Japón en 1648, juntos como una gran familia shinobi, hacia las nuevas colonias en Australia, tratando de escapar de la guerra y su envolvimiento inminente. En 1650 el joven pueblo de Utopía presentó resistencia cuando el ejército japonés, dirigido por Tadanaga, de repente se apareció ante sus puertas. Pero Tadanaga no estaba allí por ellos. Fue entonces cuando los Sohei de Cowra aparecieron y ayudaron a los utopianos contra el ejército.

Tadanaga intentó todos los medios para entrar en el bosque que rodeaba el pueblo, pero siempre era devuelto sin éxito. Miles de vidas se perdieron en el bosque. Los Sohei de Cowra habían colocado varios hechizos y trampas en el bosque para proteger su monasterio, consecuentemente protegiendo también al pueblo de Utopía. Después de un par de meses, Tadanaga dejó el bosque con pérdidas humanas tres veces mayores que la campaña de Sekigahara.

Al mismo tiempo, otros países tenían derramamientos de sangre por todas partes en la búsqueda de poder. Este período en la historia era conocido como la Guerra por el Mundo. En medio de toda esta locura, en el invierno del 1651, una lluvia repentina de fuego vino de los cielos. Esta lluvia de meteoros cayó por todos los rincones del planeta, y en estos meteoros, el mensaje de los dioses.

En pocos días, varios desastres comenzaron a producirse al rededor del mundo. Inexplicablemente, las grandes naciones que buscaban poder estaban siendo destruidas una tras otra por terremotos, tornados, tifones y otras destructivas catástrofes ambientales, arrastrando consigo algunas de las naciones conjuntas.

Los utopianos y los monjes de Cowra aprovecharon esta distracción e hicieron el Pacto Utópico. Este era un gran riesgo, pero era la única manera de mantener a salvo los elementos que se encontraban en Cowra y protegerse así de la auto-destrucción del mundo. Más hechizos se agregaron al bosque, haciendo de este un laberinto mortal, con una entrada casi inalcanzable e imposible de salir para los intrusos. Pero esto resultó ser contraproducente, dejándolos ignorantes de los resultados de la guerra.

En la primavera de 1652, sucedió lo impensable. En diferentes lugares del mundo, las siete Deidades Universales descendieron y se manifestaron ante la raza humana, dejando muy claro que no permitirían tal indiscreción y ofensa contra su creación. Se deshicieron de tres cuartas partes de la población mundial y remodelaron la geografía del planeta, con el fin de crear nuevos ecosistemas, dándole a los seres humanos una segunda oportunidad para hacer las paces con la naturaleza. El mensaje era claro y la sentencia había sido dictada, el incumplimiento de sus demandas significaba el exterminio total y los dioses se aseguraron de que nadie en el mundo ignorara esto, incluyendo los utopianos dentro de su aislamiento.

El nuevo mundo tenía un ambiente hostil para con la raza humana, aún así los humanos restantes luchaban día tras día para sobrevivir y superar las penurias. Desde aquel momento, el mundo se ha quedó estancado en la Edad de Hierro, con limitaciones muy grandes.

Este fue el regalo que ofrecieron los dioses: Un Nuevo Comienzo.

GLOSARIO

Abbott: Líder de una comunidad religiosa con base en una abadía o monasterio.

Akemi: Manejo de la espada, esgrima.

Ashigaru: Pies ligeros.

Bajutsu: Arte de la equitación.

Bodhisattva: Alguien que ha alcanzado la Iluminación, pero en lugar de pasar al Nirvana, espera para ayudar a otros en su búsqueda de la Iluminación.

Bojutsu: El arte del bastón largo.

Bokken: Espada de madera.

Bu: Antiguo término aplicado a la parte marcial de la cultura japonesa.

Budo: Término usado ocasionalmente en la época de Edo para describir el estudio de las artes marciales, modernamente hace referencia a las artes marciales.

Bushi: Guerrero.

Bushido: El camino del guerrero. Registrado por primera vez en el siglo XVI (en el Koyo Gunkan y otros trabajos de este tipo), el término Bushido ha llegado a actuar como una expresión general para la filosofía y la mentalidad de los samurái, en particular, los ideales de honor y valentía.

Cha: Té.

Cha-no-ya: la ceremonia del té, una costumbre refinada en el siglo XV y popular entre los samurái y nobles de la corte. Considerado en muchos sentidos un arte.

Chakra: Centros energéticos del cuerpo humano.

Chi: Energía universal.

Cowra: Águila en las rocas (dialecto australiano).

Daisho: Pareja de espadas formada por el Katana y el Wakizashi, usado por los samurái.

Dogo: Líder de aldea, jefe; sobre todo, uno cuyos activos le permitirán una cierta cantidad de autoridad política y/o militar a nivel local.

Dojo: Escuela de artes marciales, salón de entrenamiento.

Gakushu: Monjes eruditos.

Gokuraku: Paraíso, lugar paradisíaco.

Go Ri no Sho: También conocido como el 'Gorinso' o 'El Libro de los Cinco Anillos'. Son los textos de Miyamoto Musashi sobre los principios de los 5 espíritus y su relación con el camino del guerrero.

Haiku: El estilo de poesía japonesa, consistente de tres líneas y 17 sílabas, divididas en 5-7-5.

Hakuryuu: Dragón Blanco.

Hyoko: Elevación, sobre el nivel del mar. Se refiere a la ceremonia que lleva el alma de un nivel mundano a uno más espiritual.

Iaijutsu: Arte de la presencia mental y la reacción.

Inka: Certificados otorgados por un maestro Zen a un estudiante que ha alcanzado cierto grado de Iluminación en el Zen.

-ji: Prefijo que indica un templo (por ejemplo, Utopiaji – Templo de Utopía).

Jin: Samurái que deciden tomar el camino del Zen en vez de la guerra.

Jinja: Santuario.

Jizamurai: "Samurái de la tierra", samurái rurales que vivían a menudo cerca de la tierra y que no se han retirado completamente de los campos.

Jujutsu: Arte de lucha sin armas.

Kaiho: Liberación. Se refiere al estilo meditativo de concentración mediante la soltura de preocupaciones exteriores.

Kamón: Escudo de familia. A menudo aparece en banderas, ropa formal, y armaduras, especialmente después del siglo XV. También Mon.

Katana: espada larga tradicional de los samurái construidas a través del plegado y replegado de una barra de metal caliente miles de veces. Conocido por su tenacidad y capacidad de corte, el katana -o tachi- sustituye el arco como el arma principal de los samurái durante el último período Kamakura, aunque a menudo era secundario a una lanza corta (Yari) en la batalla.

Katanakaji: Herrero de espada. El arte de la elaboración y la forja de espadas.

-kawa: río (por ejemplo, Shinseikawa – río Shinsei); también "gawa".

Kenjutsu: Arte de la espada.

Kesa: Chal o manto ritual de un monje, a veces usado sobre la armadura por samurái que también eran monjes budistas.

Kiai: Espíritu de lucha.

Kiseru: Pipa larga de madera, popular entre los samurái en los últimos años del siglo XVI después de la introducción de tabaco a Japón.

Kokujin: 'El hombre de la provincia o provincial'. Término utilizado para describir las familias samurái locales de gran poder durante el período Muromachi. Al estar a menudo no muy lejos de los campesinos en términos de prioridades y preocupaciones, el kokujin se parecía mucho al jizamurái, si no idénticos, según sus intenciones y propósitos.

Makimono: Pergamino.

Makoto: Sinceridad, verdad, pureza de intención.

Manako: Los ojos, la vista, mira.

Menkyo Kaiden: 'La licencia de transmisión total'. Se trata de una licencia concedida por un Koryu (escuela) cuando el destinatario ha aprendido todo y ha pasado todos los aspectos de su formación en el koryu.

Naginatajutsu: Arte de lanza con navaja larga.

Ninja: Humanos entrenados en las artes shinobi.

Nirvana: Estado libre de sufrimiento. Es un concepto importante en el hinduismo, el budismo y el jainismo. El Buda describió el nirvana como la paz perfecta del estado de la mente que está libre de deseo, ira y otros estados aflictivos (kilesas). La persona está en paz con el mundo, tiene compasión para todos y suelta las obsesiones y fijaciones. Esta paz se logra cuando las formaciones volitivas existentes se apaciguan, y las condiciones para la producción de otras nuevas son erradicadas. En éste las causas del deseo y la aversión se extinguen de manera que uno ya no está sujeto al sufrimiento humano (dukkha) o más estados de renacimientos en el Samsara, el ciclo de la re-encarnación.

Ookami: Lobo.

Ryotojutsu: Arte de la utilización de la espada larga (katana) y la corta (wakizashi) a la vez.

Sake: Vino de arroz. El sake se produce tradicionalmente en los meses de invierno por las cerveceras y creado a través de un proceso de ruptura de los granos de arroz por un hongo y la fermentación de estos.

-sama: Término honorífico usado para referirse a una persona de mayor estatus o rango.

Samurái: "Aquel que sirve", la clase guerrera tradicional de Japón hasta 1876. Aunque de orígenes oscuros, el samurái surgió como una fuerza poderosa en el siglo X y después de 1192 actuaban como los gobernantes de Japón. Hasta la década de 1590, el estatus de samurái era bastante fluido, y al alcance de los nacidos en clases sociales menores, especialmente en tiempos de guerra. En el siglo XVI, muchos samurái trabajaron junto a los campesinos hasta ser llamados a servicio. Después de la represión de Toyotomi Hideyoshi, en la movilidad social, todos los hombres que llevaban armas eran considerados samurái (o rangos variables) y obligados a vivir en la ciudad del castillo de su daimyo. Sin más batallas para combatir, el samurái de Edo refinó sus formas de pensar y en muchas maneras moldeó la forma romántica en que se ve al samurái históricamente hoy día.

Saya: Enfundadura de madera para la espada, hecha tradicionalmente en madera lacada.

Seika-ryu: Estilo del fuego sagrado.

Seika-Seijin: Santo del fuego sagrado.

Seishin: Espíritu.

Sensei: Maestro.

Shachi: Orca, ballena asesina.

Shinden: Lugar sacro.

Shinobi: "Experto en el arte del sigilo". Término popular a menudo usado para a las fuerzas irregulares, espías y asesinos en tiempos de los samurái. Según la leyenda, los servicios de los clanes Shinobi, especialmente los de Iga y las provincias de Ise, fueron muy buscados por los daimyo del período Sengoku. En la mitología japonesa, el Shinobi-no-mono, era también experto en artes secretas antinaturales. También conocido como Ninja.

Shisai: Sacerdote.

Shinsei: Sagrado.

Shinyuu: Mejor amigo.

Shizen: Naturaleza.

Shugendo: Literalmente "El camino del entrenamiento y la experimentación", es la fusión entre el taoísmo, el budismo y las religiones shintoístas. El shugendo es un pensamiento místico-animista seguido por todos los Shinobi. Con una profunda reverencia por la naturaleza, los animales y las fuerzas cósmicas.

Shurikenjutsu: Arte de lanzamiento del cuchillo.

Soke: Director.

Sohei: Monjes guerreros. Término relativamente moderno
que describe los guerreros armados que actuaban como fuerza militar de los principales centros religiosos del siglo IX hasta la década de
1580. En particular, los monjes guerreros de
la Enryakuji (Mt. Hiei) eran una fuerza política
importante durante siglos, y su apoyo se soli-
citó a menudo en tiempos de guerra. Al mismo
tiempo, los Sohei eran elementos desequilibran-
tes, y los enfrentamientos desenfrenados entre
los Sohei y el Bakufu y las fuerzas Tribunales
eran razonablemente comunes hasta el 1571.
En ese año, Oda Nobunaga destruyó el complejo
monástico del Monte Hiei y las incursiones
posteriores de Hideyoshi en la zona Kwa-chi-Kii
marcaron el principio del fin para los Sohei en
general.

Sojutsu: Arte de la lanza larga.

Tanka: Estilo de poesía japonesa que consiste de 31
sílabas en cinco líneas, organizado como 5-7-
5-7-7.

Tenbin-za: Libra.

Tengu: Deidad del bosque que se dice enseñó por primera
vez a los Shinobi su arte. Se dice que son mitad
humanos mitad ave.

Utopía: Comunidad o sociedad ideal, del libro de Sir Thomas
Moore (1516) que describe una isla ficticia en

el Océano Atlántico, la cual posee un sistema aparentemente perfecto socio-político-jurídico. "Utopía" se utiliza, a veces peyorativamente, en referencia a un ideal poco realista que es imposible de alcanzar.

Wakizashi: Espada corta llevada junto a la Katana por el samurái.

Yamabushi: Literalmente traducido como "el que se establece en las montañas", refiriéndose a los monjes que siguieron a la religión Shugendo.

Yin-Yang: Es el símbolo principal en la espiritualidad taoísta, también conocido como "Taijitu". Con base China, es la representación de las energías opuestas y co-dependientes entre sí y cómo una no puede existir sin la otra.

Zazen: Meditación pasiva Zen.

Zen: Se considera tanto una filosofía como una secta del budismo. El Zen se popularizó en Japón entre los samurái después de su aceptación por el shogunato Kamakura en el siglo XIII. En el siglo XVI, casi todos los samurái y los daimyo (señores feudales) por igual estudiaban Zen.

ÍNDICE

www.ingramcontent.com/pod-product-compliance
Lightning Source LLC
Chambersburg PA
CBHW050338110726
47899CB00007B/2544